W0319824

kürbis

ISBN 978-3-900965-45-7
Herausgegeben von Wolfgang Pollanz
Cover & Satz: Klaus Mitter
Erstausgabe 2012
edition kürbis, 8551 Wies, Österreich
www.kuerbis.at

bm:uk Bundesministerium für Unterricht, Kunst und Kultur
kultur steiermark

RAINER KRISPEL

DER SOMMER ALS JOE STRUMMER KAM

Media, paints a picture for the people who need it / not somebody who's breathing but somebody who's different / it takes brains, looks or weirdoes / see them on the TV / taking life in their own hands / trying to live their own life not kissing someone's ass.

D.O.A. – Trial By Media, 1985

Elvis in der Freudenau

„Elvis hat mich zuerst gegrüßt."

Wann immer Gustav das sagte, ließ er seinen Worten Zeit zu wirken. Wenn ihn dann zu Fragezeichen gewordene Gesichter lang genug angesehen hatten, legte er nach. „Nicht That's-All-Right-Mama, I-Ain't-Nothing-But-A-Hound-Dog-Elvis, nicht die Hüften-der-Revolution-Elvis, nicht der Colonel Parker-, Mein-Doktor-hat-mir-den-Tod-verschrieben- und Graceland-Elvis, nicht unser aller gefallener König, nein, leider, der nicht. Aber doch ein wahrer, ein echter Elvis – nämlich Elvis Costello! Der leibhaftige Elvis Costello hat mich kleinen Linzer Provinz-Punk, noch keine achtzehn Jahre alt, zuerst gegrüßt. Am 18. August 1985. Und er hat mich freundlich gegrüßt." Wenn er im Geschichtenerzählermodus war und zu viel getrunken hatte – das kam vor – fügte Gustav noch hinzu, dass ihm in genau diesem Moment schlagartig bewusst wurde, dass er zum taufberechtigten Priester der Church Of Elvis berufen war. Das war dann meist auch der Augenblick, in dem er die Aufmerksamkeit seiner Zuhörerschaft wieder verlor.

Dabei hat sich diese Geschichte mit Elvis Costello auf der Wiener Galopprennbahn in der Freudenau tatsächlich genau so zugetragen, beim Vienna Folk Festival im Sommer 1985. Ein sonntäglicher Sommertag wie aus einem Werbeprospekt. Costello war dort, weil er das zweite Album der Pogues produziert hatte und die Londoner Band auf ihrer Tournee begleitete, frisch und heftig verliebt in deren Bassistin Cait O'Riordan. Die anderen Pogues hatten Gustav und seinen Freunden die bebrillte New Wave-Ikone so vorgestellt: „Er ist alt, er ist dick, er rasiert sich nicht mehr, er trägt Windeln und ja, er ist Elvis Costello." Costello und Cait heirateten später trotzdem.

Gustav war dort, weil er und seine Freunde die Pogues sehr super fanden und er sich seinerseits unsterblich in Cait verliebt wähnte. Aber absolut fucking unsterblich! Allein schon die Fotos der Bassistin, am Anfang der Bandgeschichte als „Rocky" bekannt, auf den ersten beiden Platten! Die auf der ersten Platte: Am Vordercover mit Tschick in der Hand, vor einem Porträt von John F. Kennedy, am Backcover leicht abgerückt von den anderen Pogues, mit Bierdose in der Hand. Einfach perfekt! Die wahre Traumfrau für einen jungen Punk wie Gustav. Die Körperhaltung! Die Lippen! Das Gesicht! Die Frisur! Alles sagte – was ist? Dass sie in dieser geilen Band Bass spielte, tat ein Übriges. Als er sich mit Freunden den Live-Mitschnitt eines Münchner Konzerts der Pogues im

Bayerischen Fernsehen anschaute, geriet Gustav in einen wahren Gefühlstaumel. Zusätzlich befeuert von alkoholhältigen Getränken und der als Schnittmenge von irischem Folk und städtischem Punk-Geist beseelt nach vorne preschenden Musik der Pogues, bedachte er seine Bassgöttin lautstark mit so regelmäßigen wie sehnsüchtigen „Spider!“-Rufen. Da verwechselte Gustav Cait noch mit Spider Stacy, ihrem Tin Whistle spielenden Bandkollegen. Aber was sind schon Namen, wenn es um die eine wahre Liebe geht?

Das Bayerische Fernsehen war damals in Linz in vielen Haushalten ganz ohne technische Hilfsmittel zu empfangen, es war in dieser Stadt mehr Tor zur Welt, als es die beiden Fernsehprogramme des Österreichischen Rundfunks je sein hätten können. Diese bildeten ein Grau und eine Beschränktheit ab, eine Enge und Gleichförmigkeit, die vor der Haustür ohnehin in deprimierendem Überfluss vorhanden waren. In diesem einen konkreten Fall war das Bayern-TV sogar ein konkreter Wegweiser in eine unmittelbar benachbart gelegene Welt. Am Ende des in München aufgezeichneten Konzerts waren die noch folgenden Termine der Pogues-Tournee eingeblendet, einer davon in Salzburg, im dortigen Kino. „Da müssen wir hin“, sagte Gustav, blinkende Herzen in den Augen, und erntete allgemeine Zustimmung. Pichler, NN, Claudia und ihr Volkswagen waren dabei. Zu den wenigen positiven Dingen, die sich aus Gustavs Sicht über die Stadt Salzburg sagen lassen, gehört, dass sie von Linz aus schnell und einfach zu erreichen ist – wenn sie erreicht werden will. Ihre Viererbande war später entschieden lebhafter und enthemmter dabei, das Konzert der Pogues und tätig rundum zu feiern, als die fünfzig, sechzig anderen Menschen, die wohl aus der Stadt der Mozartkugeln und ähnlich zweifelhafter Denkwürdigkeiten stammten. Was den Pogues auf der Bühne nicht verborgen blieb. Sänger Shane McGowan winkte sie nach dem Konzert mit einer Handbewegung backstage, hinauf ins Foyer im ersten Stock. Dort lernten sie, neben Costello, der rasch mit Cait abzog, die anderen Pogues kennen. Andrew, Jem, James, Phil, Spider und den Roadie Darryl. Nette, umgängliche Typen, die gerne tranken, aber deswegen nicht oder vollständig das Hirn ausschalteten. Oder auf menschenwürdige Umgangsformen vergaßen. Das Englisch, in dem die lebhaften Kreuz- und Quer-Konversationen über alles Mögliche und Unmögliche geführt wurden, hätte dem personifizierten Schulenglisch gewiss heftige Schamesröte ins Gesicht getrieben. Sprachfärbung rules ok! „You're so refreshing", meinte Andrew Ranken, der Schlagzeuger, der im Stehen spielte. Er erzählte von Erlebnissen mit deutschen Fans, von denen sie auf eine dumpfe Sauf- und Partymaschine reduziert wurde, von wegen „Streams Of Whiskey" und ähnlichen Liedern. Angesichts der unglaublich reichen, urbanen, zeitlosen und unprätentiösen Pop-Poesie des Shane McGowan und der vielschichtigen Musik zu der er sie sang, eine fast unerträgliche Schande. Musik-Rezeption ist ein Hund, dachte sich Gustav. Nicht zum ersten und bestimmt nicht zum letzten Mal. Bei den sehr lebhaften Abschiedszeremonien, während der sich das nun längst dunkelrot eingefärbte Schulenglisch ernsthaft überlegte, sich schleunigst einen anderen Beruf zu suchen oder komplett auszusteigen, am besten auf eine sprachberuhigte Südseeinsel, fragten die Pogues, ob sie nicht am nächsten Tag zu ihrem Konzert in Wien kommen wollten. Sie spielten bei einem Festival auf der Galopprennbahn Freudenau, Gästeliste kein Problem. Sowieso wollten sie! Wann kommen Punx schließlich schon auf eine Galopprennbahn?

Als sie am nächsten Tag in der Freudenau ankamen, trudelte fast zeitgleich der Bandbus ein, zuerst fiel Sänger Shane heraus, schon wieder gut im Öl. Kurz danach verließ Jem ungleich trittsicherer und zielstrebig das Gefährt, in einer Hand den zerknitterten Zettel, auf den sie in Salzburg ihre Namen gekritzelt hatten und mit dem er ihnen winkte, als er sie aus dem Augenwinkel bemerkte. Wenig später streiften sie über das Gelände, wegen der Pogues beileibe nicht die einzigen Menschen mit einem äußerlich erkennbaren, deutlich anderen subkulturellen Glaubensbekenntnis, als bei einem Folk-Festival Mitte der 80er in Wien eigentlich zu erwarten. Die Atmosphäre war angenehm entspannt, Gustav widerfuhr übers Gelände schlendernd seine Elvis Experience. Teile der Pogues waren in heller Aufregung, weil sie eingeladen waren mit den Dubliners zu jammen, im kleineren Rahmen, indoor. Gustav konnte die Aufregung seiner Heroes nicht nachvollziehen, für ihn gehörten die Dubliners in die Lemuren-Liga, Abteilung Irland. Verzopfte Folk-Klischees für eingeschlafenes Sitzpublikum. Die Musik, die sie dann im Kreis sitzend, vom Publikum umringt, gemeinsam mit drei von den Pogues machten, war allerdings verdammt schön, unmittelbar und unverstellt zu Herzen gehend. Der eigentliche Pogues-Gig war nicht so intensiv wie das Salzburger Konzert, Teile des Wiener Publikums waren ein ganz grober Pain in the Ass, fixiert auf das Image der Band als rowdyhafte Schnapsnasen, dem sie sich selbst zu dieser recht frühen Stunde lallend und krakeelend angeglichen hatten. Einige Leben später sollte sich Gustav in den Arsch beißen, als er herausfand, dass beim selben Festival Richard Thompson und Richard Verlaine, der Gitarrist von Television, gespielt hatten. Oh die Dinge, an denen junge Punx vorbeistolpern.

Der Tag endete in der Blue Box, einem Wiener Lokal mit eigener New Wave-Legende. Shane stellte einen Doppler Weiß und einen Doppler Rot in die Mitte des Tisches, der Kellner brachte Gläser, die bis zur Sperrstunde und beyond immer wieder gefüllt wurden. Ihre kleine, entschlossene Runde rettete dem Lokal den sonntäglichen Umsatz. So nahe kamen Gustav und seine Freunde den Pogues später noch einmal in München, ein gutes Jahr später. Cait war schon nicht mehr in der Band, ersetzt von Darryl. Shane lief vor dem Song „A Pair Of Brown Eyes“ von der Bühne, schaute Claudia lang in die Augen und sang, zurück auf der Bühne, den Refrain dann mit ihrer Augenfarbe. A pair of green eyes. Pichler was not amused. A rovin’, a rovin’, a rovin’ we go! Es entstanden keine lebenslangen Freundschaften, keine Londoner und Linzer Adressen wurden ausgetauscht. Doch Gustav fühlte sich dieser Band immer ein wenig mehr verbunden als vielen anderen. Er liebte ihre Alben, vor allem das eine, das ihr großer Kumpel, Gelegenheitssänger und Aushilfsgitarrist Joe Strummer von den Clash produziert hatte. Was passte wie die Faust aufs Auge, manchmal sammeln sich die guten Kräfte eben doch.

Gut zwanzig Jahre später kam Gustav endlich dazu, Elvis zuerst zu grüßen. Costello spielte mit den Imposters beim Jazzfest in der Staatsoper. Als ausgebuffter Konzertprofi nutzte

Gustav genau jenes ultrakurze Zeitfragment zwischen dem Verstummen des Applauses und dem ersten Einsetzen der Musik, um deutlich vernehmbar „Hello, Elvis, how are you?“ in Richtung der Bühne zu rufen. Gustavs Begleitung wurde im Sessel neben ihm unsichtbar, während Elvis Costello nicht völlig unfreundlich kurz in seine Richtung nickte.

So Much Hate / Strange Memories Are Made Of This

„No Elvis, Beatles or the Rolling Stones", schrien es die Clash mit „1977", einem ihrer allerersten Songs in einer Minute und 39 Sekunden programmatisch hinaus. Klassisch großmäuliges Reinen-Tisch-Machen, während unter dem Tisch ganz andere Sachen weiterlaufen. Schließlich liebte Joe Strummer seinen Elvis und die Stones, Gitarrist Mick Jones war sowieso ein begnadeter Keith Richards-Clone on the uprise. Punk war überhaupt die große Kunst des Widersprüchlichen, der Gegen-Rock'n'Roll, der zum besseren Rock'n'Roll wurde, eine nihilistische und hedonistische Kulturrevolution, die fast widerstrebend eine Menge Sinn stiftete.

Gustav liebte den PIL-Song „Rise", mit dieser sich wiederholenden und tief ins Hirn bohrenden Zeile „anger is an energy". Die sich John Lydon, vormals Johnny Rotten, auf die durchdringende Stimme geschrieben hatte. Bei einem einsamen, lange unbesuchten sonntäglichen Bardienst in der Kapu, dem zentralen Hangout der Linzer Punk- und Hardcoregemeinde mit der meditativen Konsumation von Freistädter Bier und selbst zubereitetem Kapu-Toast mit extra viel Käse, eingetaucht in ein Meer von Ketchup, beschäftigt, hörte er den Song zwanzigmal am Stück, immer wieder. Eine kleine persönliche Konzentrationsübung in massivem Zweifel – „I could be wrong, I could be right, I could be black, I could be white" – angehäuftem Ärger, maßlosem Zorn und grenzenloser Wut, die sich dann, einmal geäußert zu etwas ganz anderem aufschwangen. „Anger is an energy" sang ihm Lydon wieder vor. Der Refrain brachte mit „may the road rise with you" fast hippieske Hoffnung auf den Weg, wohin auch immer. Klar hatte sein eigenes Punkersein mit Zorn und Wut zu tun, mit ganz großen Mengen davon. Echten Großpackungen davon, immer wieder auf und über sich selbst, durchwirkt mit blankem, entfesselten Hass auf alles und jeden. Ganz oft mit so grundlegendem Zweifel an just about everything, dass selbst der Versuch den Toast ins Ketchup zu tauchen völlig aussichtslos erschien und das Scheitern oder Gelingen dieser banalen Übung von existentieller Bedeutung. Und die ganzen verdammten Lügen überall. „Your written word is a lie." In solchen Befindlichkeiten war es gut für Gustav, sich als Punk zu fühlen, zu verstehen. Um Punk zu sein brauchst du keine Qualifikation, keine Befugnis, es galt keine verfluchten Prüfungen abzulegen, kein Zeugnis vorzuweisen. Niemand, der dir vorschreiben kann, wie du als Punk zu sein oder dich zu verhalten hast, wie du als Punk auszusehen hast, was du als Punk wie zu tun hast. Am Anfang einer

Tapecompilation, die Gustav oft spielte, war vor der Musik ein kurzes Statement zu hören. Eine sympathische, aufgeweckte Stimme, von der er nie herausfinden sollte, wem sie gehörte, meinte: „Du musst nichts tun, du musst nur sagen, ich bin Punk." Gustav war Punk, seit Jahren, durch diesen einen Satz, geäußert im Vollbesitz seiner geistigen Kräfte oder dem, was er dafür halten musste, war er ganz ohne Mitgliedsbeitrag und ohne dafür einen Ausweis zu benötigen der internationalistischen globalen Bewegung der Punx beigetreten. Er wusste, dass die Mehrzahl von Punk – ein Punk, zwei Punx, ein Haufen Punx – nur so geschrieben werden durfte, mit einem „x" am Schluss. Wenngleich ihm das eine Englischlehrerin in einem Schulaufsatz trotz Vorlage mehrerer Fanzines aus England, Deutschland und den USA als Rechtschreibfehler rechnete. Aber Lehrer waren sowieso ganz hervorragende Hass-, Zorn- und Wut-Freisetzer, begnadete Zielobjekte dafür. Angefangen mit jener evangelischen Religionslehrerin, die ihm immer einen Dreier im Zeugnis gab, nachdem seine Eltern gefragt hatten, ob es möglich sei, den Buben aus dem Religionsunterricht zu nehmen. Er halte das nämlich nicht aus, dass immer die Rede ist vom so wunderbaren lieben Gott und dessen großartiger nächstenliebenden Kirche, während auf der ganzen Welt Krieg, Folter und Terror herrschen. Das passte schon für den Volksschul-Gustav einfach nicht zusammen. Die Befreiung vom Religionsunterricht für einen Volksschüler wäre nur dann möglich, wenn beide Elternteile aus der Kirche austreten würden, erklärte die peinlich berührte Lehrerin. Das wollten seine Eltern dann doch nicht, obwohl sie beide das letzte Mal bei

Gustavs Taufe in einer Kirche gewesen waren. Wegen der Eltern, sagten die Eltern …

Gustav war Punk von ganzem Herzen und mit großer Leidenschaft. Er fror sich dafür im Winter den Arsch ab. Die von seinem Vater übernommene, weitgehend zerfetzte Lederjacke trug sich zwar extrem cool, aber ihre Wärme spendenden und Schlechtwetter abweisenden Qualitäten waren unterentwickelt. Ganz entschieden unterentwickelt. Einen Pullover darunter zu tragen ging sich nicht aus, schon gar nicht einen dickeren, da wäre die ganze coole Pose beim Teufel gewesen. Aber keine Rede von „was mich nicht umbringt, macht mich nur härter“ oder „für Dinge, die wichtig sind, leidest du gerne.“

Mit so einem Dreck konntest du Gustav schon in jungen Jahren jagen, dieses in den verfluchten Volksmund gesickerte survival of the fittest. Wenn es auch noch ein halbes Leben dauern sollte, bis er in der Lage war zu formulieren, dass er nur mehr aus positiven Erfahrungen lernen wollte. Diesen tollen Satz borgte er sich bei einer klugen, älteren Freundin aus. Eine lebenslange Dauerleihgabe.

Im Gym hatte er wenigstens diesen einen wirklich guten Klassenvorstand, der zu seiner Mutter beim Elternsprechtag meinte, dass ihm die Punkerei Gustavs Sorgen bereite. Nicht, weil er die punkige Optik nicht aushielt oder gar anstößig fand. Die sah er im besten Fall als gewöhnungsbedürftig, im schlechtesten Falle als albern an. Er sah keine Ordnung gefährdet und keine Moral unterminiert. So eine exaltierte Frisur ist halt eine Geschmackssache, sagte er. Der Professor M. selig schaute Gustavs Mutter dann lange an und fragte sie, ehrlich besorgt: „Ist ihm denn nicht kalt?" Bei einem Schulausflug kamen sie nach einem Schachspiel ins Reden über Zeit und Zeitreisen, der Klassenvorstand und Gustav, den das Thema als begeisterten Science Fiction-Leser extrem faszinierte. „Wir als dreidimensionale Wesen können eine vierte Dimension nicht erfassen", sagte ihm der kluge Mann. Gustav würde nie behaupten können, dass er in der Schule nichts gelernt hätte.

Auf die Begegnung mit dem Biologielehrer, der es in den Rang der wissenschaftlich unwiderlegbaren Tatsache erhob, dass Homosexuelle krank sind, hätte er gern verzichtet, ebenso wie auf jene mit dem Geschichtslehrer, der ständig Parallelen vom Römischen Reich herauf zu den deutschen und österreichischen Nazis zog. Seinen Schülern und Schülerinnen in aller schon gebotenen Vorsicht – „mit manchem war schon zu weit gegangen worden, vielleicht" – suggerieren wollte, dass hier ein gemeinsamer zivilisatorischer Geist zu entdecken wäre. Dieser Unfug korrespondierte mit der widerwärtigen Gestalt des alten Geographielehrers, der Schüler noch in der Ecke stehen ließ und dessen ganzer Unterricht aus raschem Diktat und Abprüfen der auswendig gelernten Diktate der vorigen Stunden bestand. Pures pädagogisches Genie. Den Schulsprecher diffamierte dieses Seelchen von einem Lehrkörper vor den leicht zu beeindruckenden Junggymnasiasten als „Haschischfresser und Drogensüchtigen". Dessen lange rote Haare waren dafür Indiz genug. Weil seine Diktate eine knappe Viertelstunde selten überschritten, war dieser Professor bei der Klasse dennoch immens beliebt. Ein Übriges taten die Witze, die er danach gelegentlich bis zum Ertönen der Pausenglocke erzählte. Gustav hasste Witze.

In die gleiche rechte Kerbe drosch ein Deutschprofessor, passionierter Frischluftfanatiker, der zu jeder Jahreszeit die Klassenzimmer, in denen er unterrichtete, ausgiebig lüften ließ. Eine Maturaklasse fragte bibbernd, ob sie nicht schön langsam die Fenster wieder zumachen könnten, ihnen allen wäre schon so kalt. Die Antwort des wackeren, ideologisch gestählten Lehrkörpers fiel mit „das hätten sie in Stalingrad nicht sagen können“ überraschend radikal aus und war bald schulbekannt. Gustavs Klassenkamerad Thomas, mit einer Karriere in der Kunst vor sich, lieferte sich mit diesem Lehrer zur Freude aller ein fast die ganze Schulstunde währendes Streitgespräch, das sich um die Errichtung der Mauern von Troja drehte, die angeblich von den sagenhaften Zyklopen besorgt wurde, was Thomas entschieden verneinte. Sein Killer-Argument: Wenn die Zyklopen nur ein Auge hatten, konnten sie nicht räumlich sehen, also wäre das Übereinanderschichten von Mauersteinen unmöglich zu bewältigen gewesen.

Massive Ablehnung erfuhr Gustav, der keiner seiner Schüler war, von einem Lehrer, der Deutsch und Geschichte unterrichtete. Der sich über Gustavs Irokesen-Frisur, die er sich da noch nicht schändlich von der Großmutter gegen Bargeld hatte ablösen lassen, während einer Unterrichtspause am Gang furchtbar aufregte, ihn geradezu beschimpfte, was er sich denn überhaupt erlaube und wenn er sein Sohn wäre … Als Gustav sich nach dieser Verbalattacke wieder gesammelt hatte, marschierte er zum Schulsprecher und verlangte eine Entschuldigung des Lehrers. Die er in ungleich undeutlicheren Worten sogar bekommen sollte. Dieser Lehrer gab wenig später im Festsaal der Schule den Herrn Karl von Carl Merz und Helmut Qualtinger. Sicher, er war ganz bestimmt ein ausgewiesener und aufrecht unerschrockener Antifaschist, durch und durch, mit einem offenen, toleranten Blick auf alles was anders war als seine aufgeklärte Lehrerwelt. Gustav kam das Lied „Linke Spießer" der Hamburger Punkband in den Sinn, „ihr seid Lehrer und Beamte, seid Gelehrte sogenannte, ihr schreibt Bücher, seid im Fernsehen und ihr glaubt, dass wir euch gern sehen."

Manchmal vergegenwärtigte Gustav sich später, dem Schulsystem endgütig entronnen, dass er nicht in den 50er Jahren, in der Blütezeit des kalten Krieges, nicht inmitten der nachhaltigen Auswirkungen des realen und geistigen Naziterrors in die verdammte Schule gegangen war. Sondern beginnend in den 70ern, die doch so gerne als die goldenen Jahre dieses wunderbaren Landes Österreich gezeichnet wurden, später gern dargestellt als ein einziger grandioser wirtschaftlicher und gesellschaftlicher Höhenflug. Abgenickt von Sonnenkönig Kreisky und Prinzregent Androsch, eine ständig triumphierende Ski- und Skiflugnation, im Klangbad des das Kleine und Enge groß und weit singen wollenden Austropop. Dass viele dieser verheerenden Lehrerkoffer vielleicht sogar jetzt noch unterrichteten, oder für ihre unselige Tätigkeit staatliche und stattliche Pensionen bezogen …

Der Ungeist hierzulande gibt halt niemals auf, warum sollte er auch? Unkaputtbar krallt er sich immer wieder energisch fest und findet stets aufs Neue genügend Angriffsflächen, an denen er seine alles zersetzende Vernichtungsarbeit beginnt.

Zu unterentwickelt, zu schwächlich die geistige Widerstandskraft der Menschen im Land mit dem A. Die Aufklärung dauerhaft gescheitert, die gesellschaftliche Mündigkeit nie erreicht. Immer wieder ein gefundenes, williges Fressen für macht- und selbstbewusste, von Skrupeln unbeleckte Manipulatoren wie Jörg Haider oder Wolfgang Schüssel. Schüssel aus einer Tradition schöpfend, die noch immer einen kleingewachsenen austrofaschistischen Diktator als politischen Ahnherren verehrt. Als Linzer Bands mit einer Konzertreihe dazu beitragen, der oberösterreichischen Aidshilfe einen Bus für deren mobile Beratungsarbeit zu bezahlen, erzählt der Leiter der Aidshilfe Gustav vom Vorschlag, in den höheren Schulen des Bundeslandes Kondomautomaten anzubringen. „Unsere Schüler und Lehrer sind ordentliche Menschen sind, die haben kein Aids", sagte der hohe Schulfunktionär, ein strammer ÖVPler, und lehnte das Ansinnen ab.

Gustav definierte sich selbst nicht als politischen Menschen, aber ihn regte Dummheit einfach maßlos auf, nicht zuletzt die eigene, wenn er sich denn ihrer Auswirkungen bewusst werden musste. Küchenpsychologisch stammte viel von seiner Wut sicher und zwingend daher, dass er wegen einer Hüftluxation so lange zum Rumliegen verdammt gewesen war. Die ganze Zeit über mit großen Schmerzen im kleinen süßen Kinderkörper, was seine kleine reine Kinderseele verdammt negativ aufgeladen hat. Das kommt nicht einfach mit der Zeit hinten raus! Keine Chance, Baby, auf die Welt zuzugehen oder zuzukriechen, wir müssen das jetzt erst einmal ausliegen. Brüll dir halt einstweilen die Welt her, vielleicht hört sie dich ja sogar!

Später war es gar nicht schön zuzusehen, wie Gustavs Großmutter als Alkoholikerin verkam. Er wusste ja, wo sie ihren Doppler Weiß versteckte, in welchem Kasten, in welchem Winkerl. Gustav war hin- und hergerissen zwischen der Loyalität zur Oma, die ihn mit so einer verzweifelten, übersteigerten Liebe verehrte, die das Ego des Kindes zur Größe eines von einer undurchdringlichen Atmosphäre geschützten Killerplaneten aufblasen half, und der hilflosen, unartikulierten Sorge um sie. Voll mit dem diffusen Gefühl, dass da etwas entscheidend falsch läuft mit der Frau und für die Frau. Sie hatte ihn immer nur Gustav!, Gustav!, Gustav! wissen lassen, als wäre er alles, was zählte. Er brachte es, durch unweigerlich aufgetretene andere Lebenswirklichkeiten von dem Monument, das sie ihm errichtet hatte, herunter gestoßen, einfach nicht übers längst gespaltene Herz, seine Hohepriesterin schändlich zu verraten. Zu verraten, an all die anderen, die ihr in ihrer besorgten Liebe das Letzte wegnehmen wollten, was sie noch am Leben hielt, ihren wunderbaren, glückselig machenden Alkohol. Schließlich tranken sie doch alle. Der Vater und die Mutter, jedes Wochenende, Freitag, Samstag. Schon so sehr, dass das Sonntagsschnitzel oft ernsthaft gefährdet oder knapp vor der Absage war. Der eine konnte oder wollte es gar nicht essen, die andere konnte es kaum panieren und herausprasseln in dem spritzenden, heißen Fett, so schlecht war ihr noch. „Aber das Kind“, hieß es, und als Karl da war, „aber die Kinder!“ Da hatte das eine Kind schon begonnen, das einfach nachzumachen, das mit dem Trinken. Die Großmutter hatte sich da schon das Leben unwiederbringlich weggenommen gehabt, weil ihr die anderen zu spät und zu halbherzig wirklich den Alkohol weggenommen hatten. Sie starb an einer grauslichen Leberzirrhose. Als Gustav das hörte, trank er diesen Abend gleich noch ein bisschen mehr, vielleicht kam er so seiner Trauer näher oder konnte überhaupt eine fühlen.

Das ganze Schielen auf die anderen, die lieben Nachbarn, die werte Obrigkeit, die feinen Leute, die reichen Leute, die gescheiten Leute, das immer sich selbst Zurückstellen und das Aufrechterhalten einer äußeren Fassade machten Gustav rasend, seit er denken konnte. Als ob nicht gerade die Generation seiner Großeltern erlebt hatte, dass die größten Verbrecher immer wie aus dem Ei gepellt sind und das eigene Auftreten und Ausschauen zum neuen Maß und alleinigen Standard aller Dinge machen wollen, mit aller Gewalt. Darum verunsicherten die Punx viele Menschen wahrscheinlich so dermaßen. Wer so aussah, wer sich so herrichtete, der konnte gar nichts Geheimes und Böses im Sinn führen. Das, und nur das war nun wirklich äußerst verdächtig und bedrohlich. Wir fühlen uns doch verdammt noch einmal ertappt! Da wurde die Sache mit dem Zorn, der Wut und dem Hass erst so richtig interessant, als Gustav lernte, daraus die Kraft zu ziehen den Blicken zu begegnen, die ihn mit einer Mischung aus Ekel, Ablehnung, Faszination und offener Feindseligkeit verfolgten, am Weg zur Schule, in der Schule, auf der Landstraße oder wenn sie zu mehreren unterwegs waren. Klar war es Scheiße, vor irgendwelchen Prolls zu flüchten, die Fäuste schwingend und laut fluchend hinter einem her laufen glaubten zu müssen, nur weil du anders aussahst als sie. Aber gleichzeitig hatten die doch schon in dem Moment verloren, in dem sie losliefen. Sie alleine sprengten doch den Rahmen dessen, was sie unter akzeptablem Verhalten verstanden und verankert wissen wollten. Sie waren es, die ihre selbstgezogenen Grenzen überschritten hatten, vor lauter Jähzorn und Verunsicherung. The peace and quiet schlachtet immer nur der Täter, nicht der, der auf ihn zeigt, ihn irritiert oder darauf aufmerksam macht, dass er existiert. Gustav halluzinierte manchmal einen Dialog mit solchen Menschen und Zuständen: „Meine Stachelhaare haben ihren psychologischen Luftraum verletzt, ich verstehe vollkommen, dass sie darauf durch körperliche Gewalt reagieren müssen, aber nennen Sie wenigstens bitte nicht mich den Unruhestifter." Es war eine nachhaltige Lektion in Selbstbewusstsein, die Gustav extrem gut tat, zu erleben, dass er mit seinem, wie Professor M. sagte, „wirklich ein wenig lächerlichen Punkeroutfit" ausgewachsene und sorgfältig ausgebildete Polizisten dazu veranlasste, ihn, einen völlig harmlosen 13-Jährigen zu kontrollieren. Weil er was tun konnte oder wollte? „Fuck me, wovor habt ihr denn Angst? Vor mir? Bitte wie parterre ist denn die staatliche Autorität, ist sie womöglich überhaupt nur eine Behauptung? Kompensiert sie an mir im Klitzekleinen, was ihr anderswo längst entglitten ist?" Spätestens als er es schaffte, aus dieser ganzen Wut, dem ganzen Hass und Zorn, der ganzen Verwirrung Worte zu bilden, sogar ganze Sätze, die er über die Musik seiner Freunde hinweg brüllen konnte, ging es Gustav entschieden besser. Mit jedem neuen Lied gleich ein ganzes Stückchen mehr. Anger is an energy. Da hatte er auf einmal wirklich verdammt viel Kraft. Und endlose Energie.

I Don't Wanna Join The Army
(ein persönlicher Grundriss)

Gustav ging gerne schnell. In einer Stadt wie Linz bringt einen das rasch weiter. Dabei war er sogar im Besitz einer Marschbefreiung von einem Vertrauensarzt des österreichischen Bundesheers. Nicht nur darüber setzte sich Gustav gerne hinweg. Meist ging er überschaubare Wege, fast immer die gleichen, Die wieder und wieder beschritten wurden, einmal hin, einmal her. Rundherum wäre schon eine Übertreibung bei einer Stadt wie Linz. Für jedes Mal die Landstraße entlang einen Groschen in das imaginäre Meta-Sparschwein ... Befahren von Polizeiautos und zwei Straßenbahnlinien. Linie 1 und Linie 3. „Linz fährt auf die 1 und auf die 3 ab", sagt ein matter Musikerscherz. Rein in die Bim, wenn einmal das Gehen nicht mehr geht oder es weiter gehen soll. Oder der Weg von weiter draußen in die Stadt führt.

Oder dann wieder dorthin zurück. Zu Fuß ging auch abzweigen. Links oder rechts. Es boten sich etliche Kreuzungen und deren weiterführende Möglichkeiten. Mozartkreuzung. Goethekreuzung. Keine Beethovenkreuzung. Im Café Goethe feierte Gustav seine von der Stellungskommission wegen körperlicher Mängel festgestellte Untauglichkeit für den Heeresdienst. Kaputte Hüften, Vorfußdeformation, Herzfehler. Ein Wrack, das sich gerade on top of the world fühlte, befähigt das Gebäude, in dem er das absurde, demütigende Procedere der Stellung zwei Tage lang durchleiden hatte müssen, eigenhändig restlos abzutragen. Republik, ich schreibe es dann zu deinen Schulden bei mir! Zuerst den Posten „Stadtverschönerung", dazu kommt, noch teurer, der Posten „Zeitdiebstahl". Nein, so werden wir sicher keine Freunde mehr. „Sie können Ihren Wunschzettel jetzt zerreißen", sagte ihm der Mann in Uniform, der ihm diesen schönen Bescheid ausgehändigt hatte. Er musste es noch dreimal sagen, das mit dem Zerreißen, so wunderschön war das Wort „untauglich" auf diesem unbestechlichen amtlichen Wisch. „Ja", sagte Gustav und tat ganz langsam wie ihm geheißen. Also leider doch nicht zum Generalstab und dort aktiv das Heer zersetzen. Oder zur Garde, in Stöckelschuhen. Er war 19 Jahre alt, überglücklich und erleichtert, sich dem österreichischen Bundesheer nicht als uniformierter Befehlsempfänger zur Verfügung stellen zu müssen. Der Psychologe fragte: „Hätten Sie ein Problem Befehle auszuführen?" Gustav war ihm gegenüber gesessen, in diesem lächerlichen Stellungsdress mit der Öffnung im Schritt, damit der Herr Doktor oder die Frau Doktor die Hoden leichter zu fassen kriegen konnten. „Garantiert!"

Mit seinem Bescheid in der Hand und von einer Bundesheer-Broschüre getröstet, die ihm versicherte, dass selbst für einen Untauglichen wie ihn ein halbwegs annehmbares Leben noch im Bereich des Möglichen liegt, ging er von der Garnisonstraße aus die Goethestraße Richtung Landstraße entlang. Schnell. Viel zu aufgedreht, um den Bus zu nehmen. Viel zu befreit und viel zu dringend spüren wollend, dass er sich wieder selbst gehörte, nach diesen beklemmenden zwei Tagen der Stellung, nach der überstandenen Konfrontation mit einer Ordnung und einem System, die er nicht nachvollziehen konnte, die er ihrem Wesen nach nicht verstand. Selbst wenn er sich, allerdings nicht sonderlich konsequent, darum bemühte. Dachte er an den Offizier, der es für angebracht befunden hatte, nach einer völlig lächerlichen Belehrung vor den versammelt angetretenen Stellungspflichtigen, einen auffällig kleinwüchsigen jungen Mann herauszupicken und ihn mit der Bemerkung „den werden wir sicher nicht brauchen" vorzuführen, begleitet vom schallenden Gelächter der anderen Stellungspflichtigen, wurde er wütend. Was ist das denn für ein Mensch, wenn er die Uniform auszieht? Ist da überhaupt jemand? Ah, fuck him!

Auf der anderen Straßenseite kam ihm Ernie, ein Punkfreund entgegen, passenderweise hatte der nichts Konkretes vor. Gemeinsam saßen sie wenig später im Café Goethe und stießen mit dem ersten Bier an. Viele Stunden später waren sie im Hafen, im Posthof, einem Kulturzentrum, das ausgerechnet 1984 eröffnet hatte. Von der „Linzer Szene für ein Linzer Rockhaus" mühsam erkämpft und dann doch in die Stadtverwaltung eingegliedert. Der Weg alles Österreichischen. Zuerst spielte eine passable Wiener Band, The Yell. Danach The Go-Betweens, phantastische Australier mit Songs so groß und so weit wie der Kontinent, von dem sie kamen. Ernie und Gustav waren Punx, doch selbst wenn diese Bands keine Punkmusik im eigentlichen Sinne spielten, konnten sie mit ihrer Leidenschaft etwas anfangen, sprach die Energie ihrer Musik zu ihnen. Robert Foster von den Go-Betweens kletterte auf die Boxen der P.A.-Anlage, ein hochgewachsener Rock-Dandy mit jeder Menge Haltung und Attitüde. Und tollen Songs. Der bestmögliche denkbare Ausgang dieser beschissenen Stellungskommission tat ein Übriges, Gustav beim Hören dieser Musik völlig zu euphorisieren. Der Weg nach Hause wurde irgendwie absolviert, vielleicht sogar gehend, der öffentliche Verkehr teilte längst den unverdienten Schlaf der restlichen Stadt. Als Gustav sich von einigen der viel zu vielen genossenen Biere trennen musste, dachte er noch einmal an den Offizier. Er wischte sich mit Klopapier den Mund ab und drückte heftig die Spülung.

Die sogenannten Sehenswürdigkeiten der Stadt Linz waren für Gustav durch den ständigen, sich wiederholenden Blick darauf längst unsichtbar. Okay, die Pestsäule war ein guter Treffpunkt, der alte und der neue Dom gute Orientierungspunkte. Die VOEST Alpine war sowieso nicht zu übersehen und der Pöstlingberg mit der Grottenbahn steht bestimmt noch ein paar Jahre länger und verhilft selbst den einfallslosesten Linzern und Linzerinnen auf alle absehbare Zukunft zu einer Sonntagsbeschäftigung. Also rüber über die Donau? Gut, dann schnell über die Brücke. Die Nibelungenbrücke. Der Name stammt von Adolf Hitler persönlich, der in Linz zur Schule gegangen ist und der in des Führers Lieblingsstadt noch ganz andere Sachen bauen wollte. Die Brücke heißt heute noch so. Ungut wie der Wind, der einen auf ihr anfahren kann und ganz bis auf die Knochen durchdringt. Gustav überquerte sie trotzdem, ging dabei meistens noch ein bisschen schneller als sonst, egal in welche Richtung er aktuell unterwegs war. Aber lieber doch vom Linzer Hauptplatz aus nach Urfahr, als umgekehrt. Wo die Russen waren, damals, nach dem Krieg und später viele gute, spannende Plätze. Das Café Landgraf. Die Stadtwerkstatt. Die Bar Bastard. Nicht wenige seiner Freunde lebten gern in diesem Stadtteil, das ließ sich nicht über viele Stadtteile von Linz sagen. Frankviertel? Ah, fuck me. Urfahr unterschied sich, gefühlt oder tatsächlich, vom Rest der Stadt. Weil es ein klein wenig lebendiger und ungeordneter war. Urfahr, dem selbst das neue Rathaus dabei wenig anhaben konnte. Eine trotzige Verwaltungsburg, ein Gebäude wie ein architektonischer Stempel, der zu einer Stadt passt, der es nicht in den Sinn kommt, einer von Hitler errichteten und getauften Brücke vielleicht einen neuen Namen zu geben. Das Rathaus wurde am Brückenkopf so errichtet, als wäre eine Seilbahn zum Schlossberg am anderen Donauufer früher oder später nicht auszuschließen. Nach getaner Arbeit könnte dann der Bürgermeister in seine kleine, feine Spezialgondel steigen, mit extra gepolsterten Sitzplätzen und bei der kurzen Fahrt mit dem Schloss im Blickfeld über die Selbstmörder seiner Stadt nachdenken, die ihre Leben gerne vom in der Nähe gelegenen Römerberg werfen.

Beim Gehen gingen Gustav oft die Geschichten der Großmutter durch den Kopf, die sie ihrem Enkel beim Kochen erzählt hatte. Ein nahezu unerschöpfliches Repertoire an Köstlichkeiten und Merkwürdigkeiten mit wiederkehrenden Standards. Beim Erzählen und beim Kochen. Gustav mochte es noch lieber, wenn sie sang, während das Gulasch dampfte und die Küche mit seinem umwerfenden Geruch und der Ahnung von dem Genuss, der es sein würde, erfüllte. Aber von den Besuchen in Urfahr nach dem Krieg und den Kontrollen durch die Russen auf dem Weg dorthin konnte sie schwer singen. Obwohl – „Checkpoint Nibelungenbrücke", „Liebe in der geteilten Stadt" – das wären doch gute Liedtitel dafür gewesen. Für beschwingte Melodien mit heiteren Texten von den heldenmutig geschmuggelten Lebensmitteln und Lebenserleichterungen, erzählt vom Großvater, der in russischer Kriegsgefangenschaft gewesen war. Und immer wieder die Geschichte von den hart gekochten Eiern. Von einer höllisch aufgeregten und nervösen Oma so findig im aufgeschichteten Gewand verborgen, dass diese mit ihr unbemerkt und bis auf eines unversehrt nach Urfahr gelangten, zu dem Mann, dem sie zugedacht waren. „Liebe schmuggelt Eier." Noch so ein sich aufdrängendes Lied für die fiktive Operette über Linz in den Jahren nach dem zweiten Weltkrieg, die im gemeinsamen Schluss-Lied aller Beteiligten „Wir werden keine Aufarbeitung brauchen" endet, mit einem subtilen Zitat von „Glücklich ist, wer vergisst" aus der Fledermaus. Operettenstadt Linz.

Gustav ging wirklich gerne. Vielleicht, weil er es erst wesentlich später lernte als andere Kinder. Andere Eltern hätten dem verantwortlichen Kinderarzt den Arsch weggeklagt, der seine Hüftluxation schlicht und ergreifend übersehen hatte. Ist eh alles gut. Dieser Satz wird gerne gesagt und noch viel lieber gehört, nur kein lästiges Hinterfragen oder etwas in Zweifel ziehen. Er war außerdem eine unantastbare Institution in der Stadt, der gute Herr Doktor und es geschah gewiss ganz ohne bösen Willen. Schlamperei halt und jetzt konnte Gustav ja gehen. Wenn er nicht gefahren wurde, von Freunden oder vom Vater. Auf den Rücksitzen wechselnder Familienautos, weniger Statussymbole als tatsächliche Objekte einer der Leidenschaften des Vaters. Der liebte einfach Dinge, die sich bewegten, mit Rädern und von Motoren angetrieben. Später Dinge mit Flügeln, vom Wind oder Motoren durch die Luft in die Höhe oder übers Land getragen.

Gustav hatte die Augen draußen auf der vorbeiziehenden Stadt, die Ohren am Radio, alle seine Kanäle waren bis zum Anschlag auf vollen Empfang geschaltet. Die Fahrten von und zur Großmutter auf den Froschberg, dort waren sein Kindergarten und seine Volksschule gewesen. Die Mutter seines Vaters versorgte und hütete ihn praktischerweise nachmittags, die Eltern waren beide berufstätig. In einer kleinen Wohnung im ersten Stock eines Hauses der Eisenbahnersiedlung. Großvater, den die Russen dann doch wieder hergegeben hatten, arbeitete als Ingenieur für die Österreichischen Bundesbahnen.

Gustav konnte sich schwer vorstellen, wie die ganze Familie hier früher gelebt und geschlafen hatte. Wie sich dort Alltag abgespielt hat, sich die verschiedenen Zeitpläne ohne permanente Zusammenstöße abgespult haben, ohne leichte oder schwerere Kollisionen. Die Familie, die ineinander läuft. Mit sechs Kindern. Für ihn ergab das drei Tanten und zwei

Onkels, sein Vater war der Zweitjüngste, das Vize-Nesthäkchen.

Hinein in die Wohnung, ein schmaler Gang, links davon Badezimmer samt Klo. Über dem Klo ein kleines, rundes Klappfenster, für Menschen mit normaler Körpergröße nur mit einem Hilfsmittel und da nur mit einigem Geschick zu öffnen und schließen. Die Oma hatte dieses Geschick, bis ins hohe Alter. Gegenüber ein Zimmer, das Schlafzimmer der Kinder, später sein Paradies als amtierender Enkel. Im internen Sprachgebrauch der Familie das kalte Zimmer. Die Welt hat einen kalten Krieg, ich habe mein kaltes Zimmer. Selbst dann noch, als ein brandneues elektrisches Heizgerät auf Rädern dort geparkt wurde. Ein Zugeständnis an den Enkel, das tatsächlich manchmal eingeschaltet wurde, Sparsamkeit hin, Sparsamkeit her. Was selten notwendig war, weil die Spiele mit seinem besten Freund Ernst, dem Nachbarsbuben (hatte der wirklich fünf Geschwister?), sehr laut und wild waren. Das Zimmer war ein Park, ein Dschungel, eine endlose Prärie, die sturmgepeitschte See, eine geheimnisvolle weitläufige Pirateninsel. Auf ein paar Quadratmetern fand sich das ideale Schlachtfeld in einem ewigen, glänzenden Krieg voller strahlender Helden, ganz ohne hässliche klaffende eiternde Wunden oder gar Tote. Ihr nachhaltiges Toben schien niemanden zu stören, anders als die Schreiduelle, die immer wieder aus einer der Wohnungen im Erdgeschoß drangen. Dort lebten eine Mutter und ihre ältliche Tochter, die sich fast täglich über Stunden anbrüllten. Als könnten sie sich damit endlich ein anderes, besseres und glücklicheres Leben herbeibrüllen. Das von vielen sichtbaren Äderchen durchzogene blass-rötliche Gesicht der Tochter wirkte, als wäre selbst ihre Haut schon dauerhaft gereizt und aufgebracht wegen dieser Existenz. Dieses Gesicht, in dem sich kleine, verweinte Augen verstecken wollten, irritierte Gustav zutiefst. Gerade dann, wenn die nicht mehr ganz junge Frau wirklich nur nett zu ihm sein wollte. Diese wie mühsam einstudiert, auswendig gelernt wirkende Freundlichkeit, die eine Forderung und eine Sehnsucht enthielt, von denen Gustav noch keinen Begriff haben konnte, widerte ihn an und verunsicherte ihn. Er war immer erleichtert und atmete hörbar aus, wenn er im engen Stiegenhaus, allein oder mit seiner Oma an dieser Wohnung vorbei war, ohne dass sich deren Tür geöffnet hatte.

Im kalten Zimmer, zurückgekehrt aus einem fast völlig menschen- und kinderleeren Draußen hörten Ernst und Gustav im Radio gerade noch das 3:2 von Cordoba. Hörten live das Siegestor von Hans Krankl, mit dem ein einziges Mal in der Neuzeit das österreichische Fußballteam bei einem ernstzunehmenden Spiel gegen das deutsche Team Sieger blieb. Obwohl sie das Match nach wenigen Minuten als viel zu fad und unerheblich eingestuft hatten, um es sich im Schwarz-Weiß-Fernseher der Großmutter weiter anzusehen, rissen sie jetzt das Fenster weit auf und schrien sich die jungen Lungen aus dem Hals, dabei weit mehr getrieben vom köstlichen, perfekt gemischten Zuckerwasser der Oma, als von echter Begeisterung oder gar patriotischen Wallungen. Ernst war allerdings vom ohrenbetäubenden Jubel und Triumphgeschrei des Kommentators – dessen sich überschlagende, bellende Stimme klang, als verkündete sie das Aufgehen einer neuen Sonne – anfangs richtiggehend geschockt. Gustav wünschte sich als Erwachsener anlässlich der sich jährlich wiederholenden ewig gleichen Cordoba-Gedenkfeierlichkeiten nicht nur einmal, das Radio wäre 1978 stumm geblieben. Wenn nur die Deutschen das ordnungsgemäß erledigt hätten. Und überhaupt – warum denn bitte nicht narrisch werden?

Raus aus dem kalten Zimmer, rechts auf den Gang weiter. Fünf, sechs, sieben Schritte geradeaus, links ein Verbau samt Garderobe, darauf zuverlässig das Telefon und der 4711 Echt Kölnisch Wasser-Flakon seiner Oma. Der Gang endete vor einem weiteren Zimmer, in dem sich aus nie restlos geklärten Gründen ein Klavier befand. Ein Klavier, auf dem niemand aus der Familie wirklich spielen konnte, wenigstens nicht mehr als ein paar kleine Fingerübungen, Fragmente oder Melodie-Sprengsel. Was Gustavs Vater nicht daran hinderte, wenn er in die Wohnung kam in dieses Zimmer zu wandern, das Klavier aufzuklappen und seine Finger im Stehen, wie rituell über die Tasten gleiten zu lassen. „Und der Haifisch, der hat Zähne …"

Die gleichen zwei, drei Wege und Tastenkombinationen immer wieder. „Schmidtchen Schleicher", diesen Schlager aus den späten 70ern. Eine Idee von Musikalität, ein Spiel damit, unvollendet, nicht weiter verfolgt. Gustav bekam auch nie einen Klavierunterricht, warum denn das Musische fördern?

Links am Gangende ging es in die Küche, mit der sogenannten Speis, einer kleinen Vorratskammer links hinten, deren Tür sich gerade dann öffnen ließ, wenn die beiden Sessel ganz an den Esstisch gerückt wurden, der beim Fenster stand. Von diesem Fenster aus hielt Gustav auf einem Sessel kniend mit zurückgezogenem Vorhang oft Ausschau nach dem Auto seiner Eltern, die laut tickende Küchenuhr in seinem Rücken zeigte dann meistens 15 Uhr 30, 15 Uhr 45, rechts neben sich hatte er das stumme Radio. Gustav verlor sich oft so sehr in der Betrachtung der Bäume vor dem Haus, einmal rückte tatsächlich die Feuerwehr an, um ein verirrtes Kätzchen aus einem dieser Bäume zu befreien. Oder war das nur ein Tagtraum von Gustav gewesen? Er folgte den vorbeifahrenden Autos und den Autobussen der Linie 45 oder beobachtete die Menschen, die beim gegenüberliegenden Konsum-Markt einkauften und davor oder danach noch einen kleinen Tratsch hielten, so intensiv, dass er das Auto der Eltern manchmal völlig übersah und ganz verblüfft war, wie aus einem Traum verjagt, wenn seine Mutter auf einmal hinter ihm in der Küche stand und seinen Namen rief.

Manchmal unterhielt sich seine Großmutter vor dem Konsum mit einer Frau aus der Nachbarschaft, die Gustav furchtbar auf die Nerven ging. Sie war bei den Zeugen Jehovas, was für ihn als Kind nichts hieß. Ihre penetrante, schneidende Stimme verursachte ihm Kopfschmerzen, hörte er sie zu lang und zu viel reden, was sie gerne tat, zumal mit Gustavs Großmutter, die äußerlich sehr geduldig wirkte. Diese Frau roch dazu nach einer so grundlegenden Rechtschaffenheit und Gutheit, dass daran einfach etwas faul sein musste. Ihre vielen Kinder, die sie abwechselnd begleiteten und die sich kaum zu Gustav hinzuschauen trauten, wirkten für ihn immer wie kleine, völlig verschüchterte Gefangene, denen er gerne zur Freiheit verholfen hätte, aber er wusste nicht wie.

Gelegentlich drängte diese Frau seiner Oma Publikationen ihrer Sekte auf, die diese dann mit kaum verhohlenem Widerwillen und einem „Danke!“, das wie ein Vorwurf klang, ganz unten in ihrem Einkaufskorb verstaute. Bekam Gustav diese Hefte in die Finger, bevor die Oma sie entsorgte, blätterte er sie fasziniert durch. Sie strahlten etwas aus, das er wiederfinden sollte, als er sich für Science Fiction und Fantasy zu interessieren begann und anfänglich bei den einfältigeren, trashigeren Beispielen des Genres landete. Eigenartig fesselnden Tunnelblicke auf andere Welten, eine absurd verheißungsvolle Perspektivlosigkeit, die unbändige, verzweifelte Lust den Planeten Erde und das Diesseits zu überwinden, die gleichermaßen wie mit Tonnengewichten für immer hier festgehalten wirkte.

Als Gustav gut genug schreiben und rechnen konnte, wurde es seine gewissenhaft wahrgenommene Aufgabe, die Konsum-Rechnungen der Großmutter auf die Außenseite dafür vorgesehener, mit Tabellen bedruckter Kuverts zu übertragen. Ihre Summen zu addieren, danach die Rechnungen in diese Kuverts zu geben und sie zu verschließen, schließlich alle Kuverts eines Jahres zusammenzurechnen. Für die gesammelten und abgegebenen Kuverts eines Jahres erhielt die Großmutter eine prozentuelle Rückvergütung ihres solcherart errechneten und belegten Jahresumsatzes. An dieser Rückvergütung wurde Gustav – in bar – beteiligt. Er trug das Geld meist in die Trafik, unweit vom Konsum gelegen und kaufte sich dafür Comics, meist mit Superhelden. Auch ganz ohne das Geld und die Comics, die er dafür kaufen konnte, hätte Gustav tagelang mit diesen Rechnungen und Kuverts verbringen mögen. Die unerschütterliche, unverrückbare Klarheit dieses Rechnungen-Sammelns (die Großmutter gab sie einfach in eine Lade), dieses Übertragens und Zusammenzählens von Zahlen bediente und befriedigte einen Ordnungssinn, der ihm in seinem weiteren Leben abhanden kommen sollte. Die Welt funktioniert eben leider nicht wie der Konsum. Die Konsumgenossenschaft funktionierte bis 1995.

Gegenüber der Küche lag das Wohnzimmer. In dessen linken hinterem Eck thronte, wie ein neuzeitlicher Altar der Fernseher, davor eine Couch und ein Tisch. In der idealen Position zum Fernschauen ein nicht zu bequemer Polstersessel, einzig und allein dem Patriarchen, Gustavs Großvater, als Sitzplatz vorbehalten. Es war Teil der Familien-Folklore, sich bei allen dazu bietenden Gelegenheiten die Angewohnheiten und Eigenheiten dieses Mannes detailliert nachzuerzählen und zu sezieren. Komplett mit einem Schauer des Ungeheuerlichen, des Unbenennbaren und einer im besten Fall hilflosen Hassliebe, einer im schlechtesten Fall erschütternden Beziehungslosigkeit, auf die aus jeder Atempause, jedem sich Versprechen, jedem ein wenig zu lauten Lachen bei diesen sich heiter und leicht geben wollenden Erzählungen zwingend zu schließen war. Dieser Folklore gemäß kam Josef von der Arbeit nach Hause, wusch sich im Bad die Hände und begab sich in die Küche. Dort aß er und las ausführlich die Zeitung, bis er sich, pünktlich wie ein Uhrwerk erhob, um im Wohnzimmer seinen angestammten Sitzplatz einzunehmen. Um 19 Uhr 30 erklangen aus dem wie von Geisterhand eingeschalteten Fernseher – die Fernbedienung war da noch Science Fiction – schon die ersten Takte der Kennmelodie von Zeit im Bild. Die heftig aus dem Polstersessel an die Wand geschleuderten Kinder entstammten wahrscheinlich Gustavs blühender Phantasie. Der unbeschädigte Zustand der Bilder im Wohnzimmer, wie jenes einer düsteren, bedrohlichen Szene aus Venedig mit von dunklen Wellen umspülten Booten, das über der Couch hing, sprach auf jeden Fall dagegen.

Oft nachdrücklich zelebrierter Teil der Familien-Folklore war jene Episode, bei der ein ganz kleiner Gustav den Gang der großelterlichen Wohnung entlang krabbelte. Ausgerechnet zu einer Tageszeit, als das Übersetzen des Großvaters von einem Lebensbereich in den anderen unmittelbar bevorstand. Bevor es allerdings zum fatalen Crash kommen konnte, las Oma Hermine Gustav gerade noch vom Boden auf und barg ihn in ihren liebevollen Armen. Vier von Josefs sechs Kindern meinten es nicht ausdrücklich als schlechten, gemeinen Scherz, wenn sie sagten, dass Josef auf das Kleinkind bestimmt keine Rücksicht genommen hätte.

Fakt war, dass Josef, als er aufgehört hatte für die österreichische Eisenbahn zu arbeiten, Linz und sein bisheriges Haupt-Leben mit der Eisenbahn verließ. Mit dem Antritt seiner Pension übersiedelte er nach Tirol, wo er ursprünglich herstammte. Er ließ die Frau, mit der er sechs Kinder hatte, allein in Linz zurück, um im heiligen Land Tirol mit einer anderen Frau zu leben, mit der er schon seit langen Jahren eine unheilige Beziehung führte.

Gustav schrieb dem fernen Großvater einmal einen Brief, vielleicht um all die Bilder und Erzählungen um einen eigenen

Bezug zu diesem Großvater zu ergänzen, der nur ihm allein gehörte. Er erzählte dem Großvater darin ein wenig von sich. Unter anderem, dass er gern ins Stadion geht zum Fußball, zu den Heimspielen des SK Voest Linz, das Stadion kaum fünf Gehminuten von der früheren Wohnung seines Opas entfernt. Josef antwortete ihm zum großen Erstaunen der restlichen Familie mit ein paar bemühten, aber nichtssagenden Zeilen in einer kaum zu lesenden Handschrift. Im voller kindlicher Sehnsucht geöffneten Brief steckten dazu noch zwei Hundertschilling-Scheine. „Für die Stadion-Karten", hatte Josef dazu geschrieben. Scheiß Geld.

Blitzkrieg Bop

„Need A Ticket?“, hörte Gustav hinter sich. Genau die Frage, auf die er gehofft hatte. Er stand vor dem Melkweg in Amsterdam, die Ramones würden heute hier spielen, seit Wochen ausverkauft. Gustav schoss herum und sein „Yessss!“ fetzte mit einer Geschwindigkeit und Deutlichkeit aus seinem Mund, die selbst den schnellsten Song der New Yorker Punk-Pioniere noch um ein paar entscheidende Sekunden früher an sein Ende gebracht hätte. Der junge Mann, dem es galt, stand in Ramones-Uniform vor ihm. Lederjacke, T-Shirt, Jeans – allerdings ohne den charakteristischen Riss über dem Knie – Sportschuhe. Haare? Ja! Nur wenn es geht keine Hippie-Länge! So ähnlich wie bei den vielen anderen der meist jungen Menschen, die hier seit Stunden auf den Einlass und die aus Queens, New York stammenden Götter der verknappten Drei-Akkord-Form warteten. Der Deal war schnell gemacht, das Geld für den doppelten Ticket-Preis wechselte in holländischen Gulden den Besitzer. Johann würde die Ramones kostenlos besuchen, mit ausreichend Biergeld extra. Fair enough, Gustav konnte sein Glück kaum fassen. Die leibhaftigen Ramones! Auf der Bühne und er direkt davor, in wenigen Stunden! „Hey-Ho, Let's Go!", skandierte er breit grinsend einen ihrer bekanntesten Songs.

Kurz vor Gustavs großem Glücksmoment waren die vier Ramones schnell hinter ihrem Tour-Manager her über den Steg in die Location gegangen, von der Menge sofort lautstark gefeiert. Johnny vorne, fast wie in seine Lederjacke geduckt, dahinter ein grinsender, freundlicher Joey, wirklich verdammt groß und wirklich verdammt dünn, ein ultraschlaksiges Role-Model für den Ultranerd-gone-Superstar. Dann Dee Dee und am Schluss Richie, der zuletzt eingewechselte Drummer. Seit „Too Tough To Die", dem vorletzten Album der Punkbruderschaft mit dem eingebauten schweren Familienzwist hatte er die Drumsticks in der Hand. „Too Tough To Die" war das zwingendste Studio-Album der Band seit ihren ersten drei, die sowieso in jeden Haushalt gehören. Die Wichtigkeit ihres 1976 erschienenen Debüts war in Worten kaum zu fassen. Hatte es tatsächlich den Rock'n'Roll gerettet? Johnny war rasch, fast wie ein Geist im Melkweg verschwunden, Dee Dee und Joey gaben ein paar Autogramme, lächelten ihren Fans scheu zu. Stars, die dem Starprinzip misstrauten. Sie ertrugen geduldig die vielen Hände, die ihnen durch die obligaten Lederjacken auf die Schultern klopften. Richie beobachtete das Ganze amüsiert und weitgehend unbehelligt. Gustav stand weiter hinten und verfluchte beim sich Strecken seine Körpergröße. „Kann ich nicht ein paar Zentimeter von Joey haben?“, fragte er seine innere Punk-Göttin. Nach wenigen Minuten war der Spuk vorbei, die Ramones im Inneren jenes Gebäudes verschwunden, das sie wenige Stunden später in ein Tollhaus verwandeln würden.

Gustav verstaute sein Ticket, nicht ohne vorher mit seinen Fingern noch einmal behutsam darüber zu streichen und machte sich auf die Suche nach seinen Freunden. Sie waren zu dritt mit dem Auto nach Amsterdam gekommen. Edgie gehörte ihr gerade noch fahrbarer Untersatz und er war die meiste Zeit am Steuer gesessen. Thomas hatte zwar ebenfalls einen Führerschein, aber er verstand es gekonnt, sich vor dem Fahren zu drücken. Ein Talent, das er in vielen anderen Lebensbereichen ebenso einzusetzen wusste. Gustav hatte keinen Führerschein und in absehbarer Zeit keinerlei Ambitionen einen zu machen, er fühlte sich wohl als Beifahrer und auf Hintersitzen. Es reichte ihm gelegentlich nach dem Lenkrad zu sehen, er musste es nicht in den Händen halten. Er erreichte die Kneipe, die sie als Treffpunkt vereinbart hatten. Als er hineinging, erwartete ihn eine Überraschung. Am Tisch saßen Pichler und Claudia, mit Claudias neuem Mini aus Linz straight, fast ohne Pausen nach Amsterdam gerast. „Um die Ramones zu sehen“, sagte Pichler mit einem gequält wirkendem Grinsen, über 1000 Kilometer sind keine Sonntagsfahrt. Er trug das klassische T-Shirt der Band, mit ihrem Logo, einem Comic-Adler mit Baseball-Schläger, darum kreisförmig die Namen der Bandmitglieder angeordnet, schwarz auf weißem Stoff. Die Ärmel hatte Pichler abgetrennt, im Sommer keine wirklich dumme Idee. Gustav nahm einen vorsichtigen Schluck aus dem winzigen Glas, in dem in dieser Stadt Bier serviert wurde. „Habt ihr Karten?“, fragte er vorsichtig. Claudia und Pichler schüttelten die Köpfe. Gustav bemerkte bei Claudia einen giftigen Seitenblick auf ihren Freund. Gustav baute sich im Kopf eine Waagschale auf, die er behutsam mit Worten befüllte, um jetzt sein unerhörtes Kartenglück nicht zu euphorisch in die Runde zu trompeten. Edgie und Thomas nahmen es gelassen, sie hatten schon eine ausgiebige Coffee Shop-Runde hinter sich und heuchelten fast glaubwürdig, sich mit ihm zu freuen. Der kurze Blick in Pichlers Augen ließ Gustav allerdings schnell hinzufügen, dass er und Claudia selbstverständlich sein Ticket haben könnten, wenn sie wollen, schließlich war er ja hauptsächlich hier, um die Stadt Amsterdam auszuchecken und wenn sie jetzt schon extra die vielen, vielen Kilometer … Es waren Momente wie dieser, in denen Gustav das Konzept Freundschaft von Herzen verfluchte.

Wenig später kehrte Pichler resigniert vom Melkweg zurück, beriet sich flüsternd mit Claudia und sagte seufzend in Gustavs Richtung „mit einem Ticket haben wir nichts angefangen.“ Gustav fiel eine Gebirgskette vom Herzen, aber er hoffte, dass sein zu Tode betrübtes Pokerface hielt. „Scheiße“, zischte er, dann war es Zeit für einen weiteren Schluck Bier. Diesmal einen etwas längeren, während er in seiner Hosentasche mit der linken Hand nach dem Ticket griff. Die Möglichkeiten, sich irgendwie in das Konzert zu schwindeln oder es zu stürmen, wurden der Form halber und nicht einmal halbherzig erörtert. Schließlich ging es hier um das Melkweg, einen Ort, an dem schon seit Jahrzehnten Konzerte in einem subkulturellen Mekka und Brennpunkt wie Amsterdam stattfanden. Das war nicht das Volkshaus Dornach! Dort hatte sich die junge ÖVP eingemietet, um einen Gig mit einer Linzer Band und den Chuzpe aus Wien zu veranstalten. Dort waren sie zwar erst entschlossen und vielköpfig ohne zu bezahlen an der Kassa vorbeigestürmt, als daraufhin ein Jung-ÖVPler vom Kassenpersonal mit einer Gaspistole in die Luft schoss, wurde die Sache aber recht unlustig. Ihren geballten Unmut bekam danach die Linzer Band zu spüren. Deren langweiliger Sound schürte ihn zusätzlich, den Gitarristen traf ein Papierflieger im Auge, worauf er mit seinen Kollegen erbost die Bühne räumte und der Umbau für die Chuzpe beginnen konnte. Provinz-Punk.

Claudia und Pichler schleppten sich schweigend zu ihrem Mini, sie ließen es sich nicht ums Verrecken ausreden, jetzt, auf der Stelle nach Linz zurück zu fahren. Claudia hatte in der letzten Stunde kein einziges Mal vernehmlich den Mund aufgemacht. Edgie und Thomas meinten, sie würden sich Richtung Campingplatz aufmachen, dort noch ein paar Bier und andere Dinge konsumieren. Einige Umarmungen später war Gustav am Weg zum Melkweg. Sein erstes inneres „Hey-Ho, Let's Go!“ kam noch recht zögerlich und gedämpft, das zweite sang er dann schon laut vor sich hin. Das trug ihm den fragenden Blick eines Polizisten – in unmittelbarer Nähe des Melkweg lag eine Polizeistation – ein, gar nicht unfreundlich, fast aufmunternd. In dieser Stadt war es nicht völlig absurd, sich vorzustellen, dass ein Polizeibeamter die Ramones kennen könnte, was immer das zu bedeuten hätte. Wenige

Minuten später war er endlich drinnen im Melkweg, wartete in der Menge auf den Konzertbeginn. Was inmitten dieses animierten Haufens überhaupt nicht schwer fiel. Es waren erstaunlich wenige Punx in Uniform da, kaum mit Bandnamen verzierte, nietenbewehrte Lederjacken und bunte Stachelhaare, sie waren eine zwanglose, lockere Gemeinde, no uniform necessary. Gekommen, um die Ramones zu feiern und um mit den Ramones zu feiern. Es war deutlich spürbar, dass sich all diese Menschen, knappe tausend vielleicht, wie blöd auf dieses Konzert freuten. Das machte sich in keinerlei nervöser Anspannung bemerkbar, die andererseits einem Gig manchmal die besondere Würze, den ganz besonderen Extra-Kick verleiht. Wenn es kaum noch auszuhalten ist, dass jetzt noch ein Roadie mit aller Zeit der Welt über die Bühne geht und an einer Gitarre, einem Verstärker herumschraubt, noch jemand ins Mikrofon „check check" sagt oder in die Basstrommel steigt.

Wenn sich diese Spannung, diese maßlose Ungeduld dann mit den ersten Takten endlich, endlich in Musik entlädt und auflöst. Die lokale 60s-Garagen-Band, die vor den Ramones spielte, wurde wohlwollend aufgenommen. Nicht wenige Menschen tanzten schon, wenn auch noch etwas schaumgebremst. Niemand, der nach ihren vierzig, fünfundvierzig Minuten auf der Bühne lautstark seiner Erleichterung Ausdruck verleihen musste, dass jetzt endlich die Hauptband kam. Kein Papierflieger, der im Auge des Gitarristen landete. Kein Provinz-Punk.

Gustav stand ganz weit vorne in Bühnennähe. Sein Adrenalinpegel kletterte langsam nach oben, die Erwartungshaltung der Gemeinde verdichtete sich jetzt doch zu einem im Saal langsam spürbaren kollektiven Nervenkitzel. Noch kein Fieber, aber schon erhöhte Temperatur, definitiv erhöhte Temperatur.

Die Backline der Support-Band war rasch von der Bühne, gab den Blick frei auf die Verstärker der Ramones und auf die Drums. Vorne auf der Basstrommel prangte das Logo der Band. Links die Marshall-Amps von Johnny, jene magischen Zauberboxen, aus der dieser grandiose E-Gitarren-Sound explodierte, der in knappen Takten auf der urwüchsig brodelnden, urzeitlich unerschütterlichen Bass-Schlagzeug-Kombi dahin ritt und auf deren Wellen surfte, und der dort mit wenigen Akkorden, gezielten, präzisen Down-Strokes alles klar machte für Joey, der die vermeintlich dumben Lyrics seiner Band als Perlen ewiger Weisheit in unser aller Herzen sang. Gustav musste breit grinsen, konnte es kaum fassen, dass die Band, die mit „It's Alive" sein absolutes Lieblingsalbum gemacht hatte, jetzt wirklich jeden Moment auf dieser Bühne stehen würde. 28 Songs in 52 Minuten (in ihm wohnten ein Statistiker und ein Bibliothekar als ungeliebte Untermieter), wie oft war er zu, nein, in diesem grandiosen Sound zum Luft-Ramone mutiert, spielte Bass, Drums und Gitarre gleichzeitig, sang die Lyrics, die er verstand und erfand die, die er nicht ausmachen konnte, streckte sich als kürzer geratener Joey-Impersonator bis hinauf in den Rock'n'Roll-Himmel. Gleich würde er sie sehen, die Schöpfer dieser klingenden Weltdichtung bei der Arbeit. Er hatte sich „It's Alive" gekauft, ein Doppelalbum, weil es in einem Bravo-Heft eine ausnehmend gute Kritik bekommen hatte und

Gustav dieses „Punk"-Ding brennend interessierte. Dabei las er das Teenager-Heft bestimmt nicht wegen der Musikkritiken, da ging es um die Aufklärungsseiten, die sauber ausgeleuchteten Fotos von nackten Mädchen. Die ganzen Dinge, an die er kaum denken konnte, ohne rot zu werden, die in einem keimfreien Tonfall so erklärt wurden, als wären sie wie Gymnastikübungen, ein gesundes und ein großes Freizeitvergnügen – was schon irgendwie stimmte. Und wegen Nastassja Kinski, die in einem Foto-Fortsetzungs-Roman zum Film „Tess" einfach nur himmlisch aussah, wie eine Verheißung, ein Versprechen. Wovon genau konnte er immer noch nicht ganz zweifelsfrei sagen, dabei hatte er mittlerweile die Pornohefte seines Vaters und dessen Playboy- und Penthouse-Magazine entdeckt. Dem Bravo blieb er ewig dankbar für die Ramones.

Im Saal ging das Licht aus, vom Band war Ennio Morricones Musik aus dem Italowestern „The Good, The Bad And The Ugly" zu hören. Das Bühnenlicht wurde aufgezogen und sie standen da, die Ramones, alle vier von ihnen in voller Pracht. Joey sagte etwas in seinem breiten Queens-Slang, sinngemäß wohl, dass sie die Ramones wären, glad hier in Amsterdam zu sein und dann spielte er mit einem „take it, Dee Dee" dem Bassisten den Ball zu. Der ihn mit dem ersten „won-tu-thri-foa" des Abends, dass er in sein Mikrophon bellte ganz weit ins Spielfeld schoss. Dee Dee, der Schöpfer der geilsten Werke des Ramones-Kanons, den Bass konsequent in Kniehöhe operierend, zeigte nicht mehr ganz die zappelige Hyper-Mobilität seines jüngeren Selbst, aber absolvierte noch immer ein erstaunliches Bewegungspensum. Während sich Joey um die Mikrophonstange wand, wie ein GoGo-Tänzer der völlig anderen Art, bearbeitete Johnny seine Gitarre mit gegrätschten Beinen. Es wirkte als würde ihn die mächtige Soundwand, die von hinten aus seinem Verstärker schmetterte stützen und nach vorne treiben. Richie gab gnadenlos den Takt vor, spielte wie eine Maschine und ohne je nachzulassen den meist forcierten Beat dieser Musik.

Es war einfach grandios, eine absurd schnelle Abfolge von Songs, unsterbliche Hymnen eines alternativen Universums, die in reduziertester Form das ganze verdammte Menschheitsdrama enthielten. Ein bratzendes, dampfendes, schweißtreibendes Punkfest. Ein wohlgeordnetes Rock'n'Roll-Chaos aus Sound, Rhythmus, Licht, Bewegungen und Emotionen. Ein Wirbel von Kopf und Unterleib, dessen zwingende Logik jeden erfasste und durchschüttelte, dann verändert wieder entließ. Die Ramones waren eine Band, die mit jedem Jahr ihrer Existenz schneller wurde, gegründet 1974 waren sie jetzt im Jahr 1986 schon verdammt flott unterwegs. Sie veranstalteten diese begnadete Raserei mit einer großen kollektiven Konzentration, die in dieser August-Nacht ihre mahlstromartige Wirkung nicht verfehlte. Es mag bei „Somebody Put Something In My Drink“ gewesen sein, als Gustav etwas auf der Schulter spürte, durch das ganzen Tosen um ihn herum hindurch. Es war Johann, der ihn antippte und ihm ein Bier im Becher hinhielt. Sie konnten sich gerade noch zuprosten, dann wurden sie von der wild tanzenden Menge in verschiedene Richtungen mitgerissen.

Das Set der Ramones neigte sich dem Ende zu, ein Roadie in einem Pinhead-Kostüm kam auf die Bühne, um dem schon völlig entgrenzten Publikum auf einem Transparent den Schlachtruf der Band zum Mitlesen entgegenzuhalten. Als ob das notwenig gewesen wäre, sie alle kannten in by heart. Mehrere hundert Menschen, längst in kleine, zuckende und schwitzende Glückskekse transformiert, bis in die Haar- und Fingerspitzen aufgeladen mit einer noch weitgehend unerforschten Energie, griffen ihn wie besessen auf. Sie alle sangen die Zeile, mit der „Pinhead" zu Ende geht: „Gabba Gabba Hey!"

Ein Credo der Ramones, ein ewigtaugliches Rock'n'Roll-Mantra für alle, die nicht dazu passen und nie dazu passen wollen. Noch effektiver in Kombination mit der aus demselben Song stammenden Zeile „D-U-M-B, everyone's accusing me!" Kleine effektive Sprengsätze wider die Konformität, die alles auf dieselben Bedürfnisse und Sehnsüchte, auf eine Form von gültigem Leben reduzieren will.

Gustav skandierte immer noch „Gabba Gabba Hey" vor sich hin, als er draußen vor dem Melkweg ausdampfte, naßgeschwitzt, außer Atem, ganz langsam einen letzten Schluck von seinem Bier genießend, um sich wieder an die Wirklichkeit außerhalb des Konzertsaals zu gewöhnen. Immer noch fassungslos und eigentlich noch weiterhin da drinnen, bei den Ramones, vor dieser Bühne, mit beiden Ohren und Augen, Herz, Hirn, Schwanz, Nabel, Kniekehlen, mit allem metertief drinnen im Sound der Ramones. In den Augen der Vorbeigehenden sah er, dass es ihnen so ähnlich ging, dass nicht nur ihm das Loslassen schwer fiel. Mein Gott, wer immer das sein soll, die Ramones! Er atmete tief durch, kratzte sich am Kopf, zum Seufzen ging es ihm viel zu gut. Die Hitze des Tages hatte sich erschöpft und er stand völlig zufrieden in der warmen Nacht. Gustav hätte das „Hey!“ beinahe überhört, das scheinbar ihm galt. Gustav sah auf und erblickte ein Mädchen. Sie hatte kurze, orange Haare, trug nicht gänzlich überraschend ein Ramones-Shirt und strahlte ihn an. Er ging näher. „Hi, I'm Ramona“, sagte sie. „No, you are not“, antwortete er. Gustav hatte sich in den letzten Tagen in Amsterdam und Rotterdam, wo sie eine Urlaubsbekanntschaft von Edgie und Thomas besucht hatten, daran gewöhnt Englisch zu sprechen. Es kam ihm schon wie von selbst über die Lippen. Er mochte das sehr, fast seine ganze Lieblingsmusik wurde auf Englisch gesungen und der einmonatige Urlaub in Amerika, bei der Schwester seiner Oma, die nach dem zweiten Weltkrieg einen G.I. geheiratet hatte, pflanzte in Gustav eine große Begeisterung und Leidenschaft für das Land und seine Sprache ein. Für die Widersprüche und Brüche diverser amerikanischer Träume und Alpträume war er als Kind noch weitgehend unempfänglich gewesen. Er mochte die Weite und die Möglichkeiten noch immer, die in diesen drei Großbuchstaben, U-S-A, zu wohnen schienen. Von denen er ein wenig zu spüren vermeinte, wenn er Englisch redete. Gustav wäre ja gerne dort geblieben, bei den Verwandten in der Nähe von Boston, aber seine Eltern wollten ihn dann doch wieder mitnehmen nach Österreich, und das nicht nur aus reiner Bosheit.

Es wäre einfach too much gewesen, nach einem Ramones-Konzert ein Mädchen kennenzulernen, das wirklich Ramona hieß, egal ob in Boston oder in Amsterdam. Gott würfelt nicht, sagte Einstein. Die Punk-Göttin garantiert, jeden

Samstag, mit einer Runde abgehalfterter, außer Dienst gestellter griechischer und anderer Gottheiten, der amtierende Geschäftsführer hatte ihnen dazu den schon reichlich abgelebten Olymp überlassen.

Gustav blieb an den Augen des Mädchens hängen und verdrängte erfolgreich, dass er viel zu schüchtern und unsicher war, um so etwas zu tun. Gustav begann nämlich zu singen, er sang sie an. „Oooh, little Ramona, oooh, little Ramona", sie stimmte ohne Zögern ein. Als sie beide fast gleichzeitig den Mund öffneten, um vorzuschlagen, noch auf einen Drink zu gehen, mussten sie lachen. Noch in Sichtweite des Melkweg hatten sich ihre Hände gefunden und sie spazierten so vertraut nebeneinander, als würden sie sich ewig kennen. Sie kam aus Amsterdam und studierte hier, Biologie, war sich nicht sicher, ob sie das Studium je abschließen würde. „I'm busy living", meinte sie und ihre Augen funkelten so, dass Gustav auf den Boden blicken musste, um nicht völlig durchzudrehen. Sie zeigte ihm zwei, drei, vier ihrer Lieblingslokale, die er nur undeutlich wahrnahm, weil er die ganze Zeit nur sie anschauen konnte, verzweifelt bemüht, das wenigstens nicht mit offenem Mund zu tun. Als sie sich das erste Mal küssten, etwas ungelenk und umständlich von Barhocker zu Barhocker, glaubte er zu hören, dass in der Jukebox der Punkkneipe „Teenage Kicks" von den Undertones lief, wahrscheinlich war das aber die Jukebox in seinem Kopf. Viel später, draußen war es schon lange hell, in ihrem Zimmer, auf ihrem Bett, brabbelte er „but Ramona is a spy". Betrunken genug, um mit rasendem Herzklopfen und einer Mörder-Erektion ganz in diesen Moment hineinzuschlüpfen, nüchtern genug, um ihn mit allen Fasern so genau wahrzunehmen, dass er ihn in im Herzen oder wo auch immer speichern konnte, wie er roch, wie das Licht in diesem Zimmer war, wie sich ihre Haut anfühlte, wie sie sich anfühlte, Ramona. „Shut up“, sagte sie und ihre Augen funkelten schon wieder so. Danach taten sie Dinge, bei denen es ihm völlig egal war, ob er dabei rot wurde.

Sex And Violence

Wahrscheinlich waren The Exploited blöd wie Brot. Wattie, Sänger der schottischen Punkband, ausgestattet mit einem wahren, rot gefärbten Prachtirokesen, dessen Stacheln hoch in die Luft standen, und seine lärmenden Kumpanen setzten sich mit der Platte „Punk's not dead" an die Speerspitze jener Bands, die lange nach dem Verebben des 77er-Punkurknalls mit formgerechter, dogmatischer Musik wacker die Flaggen von Pogo und Anarchie hochhielten. Einer Anarchie, die nur das unmittelbare und hemmungslose Erfüllen aller möglichen auftretenden persönlichen Bedürfnisse im Sinn hatte, ganz anders als die von The Exploited gerne besudelten Crass, die so viel mehr im Blick hatten, wenn sie das Wort Anarchie im Mund führten, als nur den nächsten Exzess. Was die Hippies ihrem „Peace!" antaten, gönnten sich viele späte Punx mit der Anarchie – einen sinnentleerten Code für die eigene Indifferenz.

Ein junger Punk wie Gustav musste das Exploited-Livealbum „On Stage“ einfach haben. Alle zwei Tage schleppte er sich deswegen zum „Wahn & Sinn“, wo er die Platte bestellt hatte, nur um frustriert ohne die Platte wieder abzuziehen. Eine Tages wartete er vor dem verschlossenen Geschäft, als ein Polizist vorbeikam und sagte „Ausweis!“ Gustav sah sicher brandgefährlich aus, mit seiner Lederjacke und den aufgestellten Haaren, mit seinem Infa Riot-Leiberl, dessen knallbunter Totenschädel mit Iro den wachsamen Exekutivbeamten wahrscheinlich auf den Plan gerufen hatte. Verdächtig! Gustav zückte sein einziges Ausweispapier, einen gelben Schülerausweis der Linzer ESG, der ihn berechtigte kostenlos mit den O-Bus Linien 41, 42 und 43 von und zu seiner Schule zu fahren. Der Uniformierte prüfte den Ausweis eingehend. „Was machen Sie hier?“ Immerhin sagte er „Sie“. „Ich warte darauf, dass die Zeitbombe detoniert, die ich in diesem Geschäft angebracht habe und die demnächst in die Luft gehen wird. Die damit einen nachhaltigen Beitrag zu Unfrieden und Gewalt in dieser scheintoten Stadt leistet, wodurch Menschen wie Sie endlich wirklich etwas zu tun haben, wozu Sie persönlich aber nicht mehr kommen werden, weil ich Sie jetzt mit meiner geschickt hinter meinem Rücken versteckten Machete in kleine wohlproportionierte Polizistenstückchen zerlegen werde.“ Leider sagte Gustav das nicht, sondern das naheliegende. „Ich warte darauf, dass dieses Geschäft aufsperrt.“ „Aha“, sagte der Polizist, gab ihm den Schülerausweis zurück und zog langsam ab. In diesem „Aha!“ lag der ganze Generalverdacht, mit dem Polizeiangehörige wohl die Vorgänge in dieser Welt belegen.

Gustav wollte ebenfalls gehen, als er über den Platz vor dem Laden den Wahn & Sinn-Besitzer rasch näherkommen sah. „Dei Exploited is da!“, rief der ihm schon von weitem zu. Endlich! „On Stage“ war an unbehauener Primitivität kaum zu überbieten, von einem Sound konnte keine Rede sein, die Band behandelte ihre Instrumente mit dem Feingefühl ungelernter Forstarbeiter, die im Akkord Bäume fällten. Auf mehr als die prototypischen drei Punk-Akkorde griffen sie dabei nur selten zu, wenn überhaupt. Alphapunk Wattie kultivierte dazu eine doch irgendwie kunstfertige Form des Bellens, mit denen er Worte transportierte, die – wahrscheinlich zum Glück – durch sein lokales Idiom weitgehend unverständlich blieben. Zu den ganz großen Hits dieses unsterblichen Meisterwerks gehörte der Song „Fuck The Mods“. Gesungen zur Melodie des Weihnachtslieds „Jingle Bells“ stimmten ihn die Linzer Punx gerne an, wenn Angehörige dieser von den 60s geprägten Subkultur sich wo blicken ließen, wo sie gerade wenigstens ebenso zahlreich oder numerisch überlegen vertreten waren. Zu wirklichen Schlägereien kam es aber nie, höchstens zu harmlosen Rangeleien und gegenseitigen Drohgebärden. Bei den beiden Konzerten der Wiener Time Shift, nominell eine „Mod-Band“, in der Kapu hatten die beiden Gruppen sogar eine richtig prächtige Zeit miteinander. Jung, deppert, aufgedreht und vergnügungssüchtig, das geht sich schon aus, da muss doch wirklich keiner so genau auf die Uniform achten, wenn dann noch der Sound passt! It's only Rock'n'Roll, aber wir wollen ihn halt unbedingt ernst nehmen! Also keine Spur von „Sex and Violence“, wie eine weitere Großtat der schottischen Punker hieß.

Zu einem simplen Rhythmus, den ein Zweijähriger schlagen und halten konnte und der sich langsam tempomäßig steigerte, wurden die beiden Worte des Titels ständig wiederholt, frei von jedweder vokalistischen Finesse oder Variation, die als Phrasierung zu missverstehen gewesen wäre.

Die erste Band, die sich aus ihrem Punkerhaufen bilden sollte, gerne als „Tommy & The 4 Ois“ gehandelt, verleibte ihrem rudimentären Repertoire diese popkulturelle Glanzleistung ein. Pichler interpretierte auf der Bühne souverän, wie der bei der Geburt getrennte Zwillingsbruder von Johnny Rotten den vielsagenden Text in all seinen Nuancen, der Rotten-Look von seinen hellblond gefärbten Haaren und seinem quer gestreiften, grob gestrickten rotschwarzen Pullover unterstrichen. Dem Rest der Band rutschte währenddessen die simple Musik zusehends auseinander, bis Schlagzeuger Tommy ein Einsehen hatte und mit den Worten „i hob an Krampf im Fuß“ zu spielen aufhörte und die Sticks energisch von sich schleuderte. Auftritt Ende. Punk as fuck!

Gustav ging Gewalt auf die Nerven und so war er froh, dass sich die tatsächlichen körperlichen Auseinandersetzungen, denen er als Punk begegnete, in überschaubaren Grenzen hielten, zumindest bevor immer mehr Skinheads in Linz auftauchten, die sich noch dazu eindeutig politisch rechts außen positionierten. Ausnahmen wie Edgie, der Pichler seinen Nietengürtel über den Kopf zog, weil dieser unerlaubt eine Runde mit seinem Postlermoped gedreht hatte, kamen vor. Immerhin ein optisch eindrucksvoller Moment, als Pichler daraufhin das Blut regelrecht aus der Stirn schoss. Unerträglich brutal fand Gustav die Angewohnheit seiner

Freunde, die als Lehrlinge nicht so leicht Schule schwänzen konnten wie er, sich mit einem Stuhlbein über einem neben dem E-Schmid gelegenen Stiegengeländer den Daumen oder Finger zu brechen, um blau machen und vor allem die verhasste Berufsschule auslassen zu können. Ihm drehte sich dabei jedes Mal beinahe der Magen um.

Es war Gustav, der beim King Kurt-Konzert in der Stadtwerkstatt, wo sie mit Die Skiträger einen desaströsen Vorgruppen-Auftritt hinlegten, darauf drängte, die an diesem Abend en masse versammelten Skinheads und Psychobillys zu attackieren. Die Punx auf der einen und die Glatzen und Psychos auf der anderen Seite beäugten sich sowieso schon den ganzen Abend mit unverhohlener Feindseligkeit. Als Gustav am Parkplatz schließlich losstürmte – die Punkkavallerie macht jetzt die Sache ein für allemal klar, wehret den verfluchten Anfängen! – kam er nicht weit, auf dem steinigen Boden fiel er hin und seine Freunde mussten ihn schnell bergen, bevor er die Beute der Fußtritte der so vergeblich angegriffenen Skins wurde. King Kurt hatten die eindeutig bessere Strategie, sie füllten als Teil ihrer Bühnenshow nicht wenige dieser Idioten auf der Bühne so dermaßen mit warmen Bier ab, dass diese außer sich zu übergeben in der Folge nicht mehr viel tun konnten.

Als Gustav zum Schulschluss '87 mit zwei Freunden Richtung Alte Welt unterwegs war, ein am Linzer Hauptplatz gelegenes Lokal, kam ihnen von dort ein vielköpfiger Trupp Skinheads entgegen gelaufen. Gustav war noch viel zu benommen von den Zeugnisfeierlichkeiten früher am Tag, um in der Lage zu sein effektiv davonzulaufen, Sportler war Gustav außerdem kein großer. Abermals versagten ihm seine Beine den Dienst und schon begannen die Skins auf ihn einzutreten, bis sie von einigen Passanten, die von einem nahe gelegenen Würstelstand her gerannt waren, vertrieben wurden. Gustav rappelte sich auf, putzte sich ab und setzte seinen Weg fort, das Adrenalin und der Alkoholpegel verhinderten, dass er irgendeinen Schmerz fühlte. Zwanzig Minuten später suchten Sanitäter des Roten Kreuzes im Keller des Lokals nach ihm, checkten ihn durch und nahmen ihn mit den Worten „da ist vielleicht eine Rippe gebrochen" mit ins Krankenhaus. Sein Bier musste er unter heftigem Protest zurücklassen. Die Rippe war nicht gebrochen, sondern nur geprellt, was für die nächsten zwei, drei Wochen sein Leben so richtig zur Hölle machte, beim Schlafen, Niesen und Lachen.

Immerhin waren die Rettungsfahrer so freundlich ihn wieder mit in die Stadt zu nehmen, wo er ungerührt in der Alten Welt sein mittlerweile recht warmes Bier austrank. Am Samstag morgen, zur Unzeit 8 Uhr 30 zur Kontrolle ins Krankenhaus bestellt, schleppte sich ein recht ramponierter Gustav mühsam dorthin, am ehesten noch zusammengehalten von dem Verband, der die malträtierten Rippen stützen sollte. Die entzückende junge Ärztin sah ihn freundlich, aber gleichzeitig recht verwirrt und ein wenig ratlos an. „Ich hab ehrlich gesagt keine Ahnung, warum der Kollege sie so schnell zur Kontrolle bestellt hat, das reicht in einer Woche, tut mir leid." Na, bravo. Gustav war so außer und neben sich, dass er in der Stadt „The Joshua Tree" von U2 kaufte, so sehr wünschte er sich akut eine Welt, die gut war und voller Liebe. Er verkaufte die Platte wieder, bevor er abermals zur Kontrolle ins Spital musste.

Die Episode hatte ein gerichtliches Nachspiel, weil die Skinheads schon im Lokal randaliert hatten und noch weiter ihre zerstörerischen Runden durch die Stadt zogen. Waren bis dahin die Zusammenstöße zwischen Punx und Skins in Linz gern als die von „rivalisierenden Jugendbanden" abgetan worden, arbeitete der prozessführende Richter erstmals den politischen Background der Geschichte heraus. Er verortete die Gewaltbereitschaft klar und eindeutig beim rechten Lager. Die Freundin eines Skinheads, die durch unverschämtes Lügen versuchte ihren Freund zu schützen, sah der Richter lange und eindringlich an. Dann sagte er „da hinten ist ein Kammerl, da können Sie jetzt ein paar Minuten in aller Ruhe nachdenken. Wenn Sie mir dann noch einmal dasselbe erzählen muss ich Sie darauf hinweisen, dass Missachtung des Gerichts und wissentliche Falschaussage strafbar sind, bitte schön!" Nach wenigen Minuten erzählte die junge Frau dann eine ganz andere Geschichte. Einen neu in den Zeugenstand Getretenen fragte der Richter: „Sind Sie ein Punk, ein Skinhead oder ein Psychobilly?" „Herr Richter, ich bin ein Kellner."

Der Prozess war der Anfang vom langsamen Ende der Skinheadplage, auf lange Sicht ließ sich der Staat eben nicht in sein Gewaltmonopol pfuschen. Wer es doch versucht, egal wie motiviert, zieht den Kürzeren. Wie viele der Skinheads, Billys und Hooligans, die von ihren Gefängnisstrafen oft nachhaltig verändert oder gebrochen zurückkamen.

Mädchen gab es im Punkumfeld natürlich auch, für Gustav, als einen der jüngsten, blieben diese aber lange Zeit ein unergründliches Mirakel. Einige seiner älteren Freunde hatten schon Freundinnen, er kämpfte noch damit, die Mädchen, denen er in seiner Schule und beim Fortgehen begegnete, mit den Bildern in Einklang zu bringen, die ihm die Männermagazine und Pornos seines Vaters suggerierten. Und die Bravo. Neben dem Landgraf war ein Sexshop, über die Dinge, die in den Auslagen zu sehen waren, wurden gerne derbe Witze gemacht, Gustav blieb dabei meistens uncharakteristisch still, vor allem als jemand der Freundin von Hans an den Kopf warf, dass sie ein bisschen aussieht wie die eine Gummipuppe dort im Fenster, mit dem speziell geformten Mund. Alle lachten und die Arme hatte ihren Spitznamen weg. Sie trennte sich bald wieder von Hans.

Wohl hatte sich Gustav in der Schule schon einmal verliebt, oder das gefühlt, was er dafür hielt, aber über eine richtungs- und ergebnislose Schwärmerei ging das nicht hinaus. Irgendwann absolvierte er dann doch das mythenumrankte „erste Mal", sie hieß Marion und er lernte sie bei einem Konzert kennen. Er stellte erfreut fest, dass sie nichts dagegen hatte, mit ihm nach Hause zu kommen. Dort musste er seinen Bruder zuerst aus dem Stockbett jagen und ins Wohnzimmer verlegen, bevor sie zur Sache kommen konnten. Er war so nervös und aufgeregt, dass er sich vor allem wunderte, wie schnell die Angelegenheit schon wieder vorbei war. Blitzkrieg Coitus? Am nächsten Tag wähnte sich Gustav unsterblich verliebt, mit Herzen auf der schon wieder und noch immer erigierten Penisspitze. Marion war so nett und erwachsen ihm zu erklären, dass sie das überhaupt nicht von ihm erwartet oder will und sie überhaupt ihren Sex gern ohne das ganze unnötige Liebestamtam mochte. Gustav war zuerst verwirrt, dann erleichtert. Ihr Sex gewann schnell dazu und ein eigenes Zimmer bekam er auch.

Richtig gut wurde die Sache mit dem Ficken, als er lernte sich auf sich selbst einzulassen, ohne irgendwelche komischen Bilder woher auch immer nachzustellen zu versuchen. Die eigene Geilheit, das ganze eigene Begehren zuzulassen, so wie sie waren und zu versuchen herauszufinden, was diese wirklich befriedigte. Wie bei der Coverversion eines Songs wurde die Sache dann ganz eigen und speziell, auch für das Gegenüber, als der Moment erreicht war, wo nicht mehr dem „Original" im Kopf nachgejagt wurde. Mit dem was du hast, was dir zur Verfügung steht, dass zu tun, was du tun kannst und tun willst. Nicht mehr länger „ich liebe den Ständer am Morgen, er steht der Welt entgegen", sondern viel mehr „ich liebe den Ständer am Morgen, er steht in die Welt hinein", wie Gustav in einen seiner Notizblocks geschrieben hatte.

Seine erste richtige Freundin Karin und er vögelten sich in ihrer ersten Verliebtheit wochenlang geradezu das Hirn aus dem Schädel, Karins elternfreie Garconniere wurde Schlachtfeld und Spielwiese eines Funken schlagenden sexuellen Tobens, Schwanz und Fut und noch viel mehr ineinander verschlungen in ihrer beiden „warmen Zimmern", was Gustav mit einer ausnahmsweise fast sportlichen Ausdauer und Anstrengung betrieb, mit so akrobatischen, wie manchmal grotesken Ausritten, die sie beide zum Glück unverletzt und – vorerst – ohne Schwangerschaft überstanden. Sie liebten es, wie sie dann beide ganz nach ihrem Sex rochen, ganze Vormittage vervögelten und was für eine tolle, befreiende Erfahrung das war.

Die befreite, unverkrampfte Sexualität, die Punk in anderen Städten haben mochte, war in Linz trotzdem einfach nicht im

Angebot oder blieb von Gustav, seinen Freunden und Freundinnen unbemerkt. Das bisschen Herumvögeln auf manchen Partys, auf manchen Toiletten hatte fast immer etwas von In-Besitznehmen und - nichts dagegen - momentanem, recht beliebigem Geilheitsabbau, immer schön eine Fut und ein Beidl, nur ja nichts auf- oder durcheinandermischen. Das Auflösen von Geschlechterrollen, das Spielen damit war der Generation vor ihnen wohl leichter gefallen, wo die Buben ungeniert die Buben liebten und die Mädchen die Mädchen und sich alle durcheinander, wenigstens als Versuch und aus Neugier. Bei ihnen war es schon wieder viel mehr business as usual. „Die Jungens stellen den Mädels nach im Glanz der Neonreklame" wie die Fehlfarben sangen und das Mädel, das sich der Bursch gejagt hat, wird entweder – will sie das wirklich? – ins Häusliche verlegt oder abgelegt, wenn es nicht mehr als Statussymbol taugt. Oder lohnendere, heißere Beute auftaucht, falls nicht überhaupt nicht gleich wieder die gute alte monogame Zweierbeziehung zum Maß aller Dinge wurde, der Jäger und die Sammlerin stricken in trauter Zweisamkeit weiter an der Welt, wie sie schon immer war.

„Das nächste Mal, wenn du mir zwischen die Beine schaust, mach es ein wenig diskreter", sagte die hübsche Punkerin zu ihm, die den ganzen Abend ihm gegenüber an die Wand der Stadtwerkstatt gelehnt gesessen war, mit leicht gespreizten Beinen. Gustav wurde sofort rot, war aber klug genug, ihr nicht zu sagen, dass er das erstens nicht getan hatte und zweitens wenn doch, dass er sowieso nichts gesehen hätte, weil er seine Brillen nicht aufhatte. Seine tastenden Finger fanden später schon den richtigen Weg.

Wasted

Die Punkerei begann so richtig, als sich das mit dem Fußball aufhörte, Gustav nicht länger die Heimspiele von VOEST Linz besuchte. Zuerst verunsicherten Gustav die groben Blödheiten im Stadion nur, dann stießen sie ihn richtig gehend ab. Die ständigen Schlägereien und immer heftigeren Gewaltausbrüche zwischen den Fans der rivalisierenden Teams, die wachsende Gehässigkeit der Schlachtgesänge im VOEST-Fansektor, wo er auf der Tribüne stand. Seit er sieben war, hatte er fünf Saisonen kein einziges Heimspiel der Werksmannschaft versäumt. Die Oma wohnte unweit vom Stadion und der Eintritt kostete fast nichts, gerade ein paar Schillinge. Meist ging er mit dem Nachbarsbuben Ernst. Das Spiel schauen, bis zur Heiserkeit VOEST anfeuern, in der Pause Pommes mit Ketchup, vielleicht ein Cola oder ein anderes flüssiges Zuckerkonzentrat. Jahrelang war das ein fixer und ein guter Ablauf, VOEST schaffte in dieser Zeit sogar einmal den Vizemeister-Titel. Er lief nach dem letzen Match der Saison mit den anderen jubelnd aufs Spielfeld, um die Mannschaft zu feiern. Gustav gab Willi Kreuz ein von seiner Mutter gestricktes VOEST-Maskottchen, ganz in Blau-Weiß, den Vereinsfarben. Kreuz zeigte es lachend einem anderen Spieler weiter, Gustav war kurz ganz oben im Fan-Himmel. Nach einem sehr emotionalen Match gegen die Wiener Austria, die Zuckerbäcker, der Spielverlauf wogte in einem erstaunlichen Tempo ständig hin und her, mussten er und seine Freunde vor einem Haufen Austria-Fans flüchten. Mit den Rapidlern verstanden sich die Voestler, spielten die Teams gegeneinander, sangen die Fanblocks gemeinsam: „Grün-Weiß-Blau-Rapid-und-der-Es-Ka-Vau." Die Anhänger des LASK, des Linzer Lokalrivalen, die Schwarz-Weißen, konnten gut mit den Austrianern, den Violetten. Die unguten Kräfte sammeln sich.

Sie rannten also mit ihren blau-weißen Schals so schnell sie nur konnten, der älteste von ihnen gerade sechzehn, Gustav dreizehn. Unweit vom Stadion lag das Stadion Grill, in ihrer Panik liefen sie einfach hinein in das verrauchte, gut gefüllte Lokal. Die erwachsenen Männer drinnen sahen die Angst in ihren Augen, sagten „setzts euch da hinten hin" und rannten vor die Tür, die „Weana Bazis verstaum". Sie hörten den Tumult, der sich aber rasch legte, die Männer kamen wortreich und gestikulierend zurück. Sie kriegten jeder noch eine Cola spendiert und als die Luft rein war setzten sie den Heimweg fort, die gegnerischen Fans längst abgezogen, in die Innenstadt oder zurück in die schöne Bundeshauptstadt.

Diese Art von Aufregung war schon irgendwie okay, vor allem dann, wenn sie unbeschadet überstanden war. Aber Gustav konnte die Bilder nicht aus dem Kopf kriegen, wie am Ende der am Spielfeld schon sehr hitzigen Partie die Polizei hemmungslos auf violette Fans einzudreschen begann, einem von ihnen die Arme grotesk weit auf dem Rücken verdrehte, ein Haufen von in ihren gackgrünen Uniform völlig enthemmten Ordnungshütern. „Vicious" ist ein englisches Wort, das Gustav da noch nicht kennt.

Statt weiteren Stadionbesuchen lieber erste zarte Punkerblüten. Gustav spikte sich mit Seife die Haare, trug ein zu großes Sakko, die Hosen hingegen mussten eng sein. Die ersten, unendlich geilen Platten von den Ramones, von The Clash, die Cramps, aber auch Echo & The Bunnymen, Siouxsie & The Banshees oder Public Image Limited. Die Stranglers spielten beim Linzfest, ein durch ein fragwürdiges Kulturprogramm getarntes Volksfest, da waren die Würger längst sicher im Mainstream angekommen. Ihr „Golden Brown" war eines dieser nicht umzubringenden Lieder für die Dauerrotation auf Ö3 und die Peepshows dieser Welt. Gustav hörte alles mit Begeisterung, was diesen neuen Kick hatte, dieses schwer zu fassende andere, das einen bei den ersten Takten zuerst verblüffte, sogar verstörte und dann immer weiter reinholte in eine andere Welt, in andere Welten, gleich in ein paar davon. London und New York sind dort, wo das Herz schlägt, und Punk ist ein universeller Zustand der Seele, der keine Kultur-Metropolen braucht. Die einen, im Kopf alt gewordene Hippie-Säcke bauten Städte auf Rock'n'Roll, die anderen ritten aus auf ihm.

Im Unions-Verein spielte Gustav begeistert, aber nicht sonderlich talentiert Tennis. Mit demselben Holzschläger, den er zu „It's Alive" von den Ramones vor dem Wohnzimmerspiegel zur Luftgitarre umfunktionierte, wenn die Eltern nicht zuhause waren. Beim Zusammensitzen erzählten ältere Freunde begeistert vom Landgraf. Wie geil es dort war. Das Landgraf war ein altes, gerade richtig heruntergekommenes Kaffeehaus im Linzer Stadtteil Urfahr, wo Konzerte stattfanden und sich die Szene – was immer das war – traf, wenn die Pensionisten und Schachspieler sich am frühen Abend nach Hause verzupften. Gustav musste unbedingt dorthin, dringend! Das war doch schließlich genau jenes Lokal am Brückenkopf, an dem sie unlängst bei der Heimfahrt von einem Familienausflug nach Kirchschlag vorbeigefahren waren. Er hatte aus dem Autofenster all diese jungen Menschen herumstehen gesehen. Bunter, lauter, lebendiger und einfach so anders, als es in der Stahl-Stadt sonst zu sehen war.

Endlich selbst im Landgraf, war das alles noch viel geiler. Es roch noch besser, durchmischter, dichter, schmeckte noch intensiver, hörte und fühlte sich orgiastischer und wilder an, als Gustav es sich je hätte träumen lassen. Dichtgedrängte, nach Aufregungen aller Art lechzende junge Menschen unterschiedlichster Geschlechter. Gustav mit vierzehn ein bisschen jung, ein wenig wie der fassungslose Bauernbub in der großen, fremden Stadt. Aber sie würden schon so schnell keinen Ausweis brauchen, hoffentlich! Die kleine Bühne gleich links vom Eingang bevölkert von Linzer Bands, E-Gitarren, Drums, mühsam strukturierter Lärm und in holprige Takte zerlegte Zeit, die ihre eigene Fahrt aufnimmt. Nicht wenige hier wie er, bemüht so auszusehen, wie sie sich einen Punk oder eine Punkerin vorstellten. Oder nach New Wave auszusehen. Oder nach der souveränen äußeren Entsprechung eines individuellen Lebensentwurfs, schließlich gab es in Linz doch eine Kunsthochschule. Oder nach weiß der Kuckuck was. Pichler, der strohblond gefärbte Leitpunk fuhr ihm mit der Hand von hinten durch die verhärteten Haare. „Wo kommst du denn her?" Der langsame Einstieg in die Punker-Clique, zwanzig, dreißig, höchstens vierzig Gesichter. Die meisten davon gehörten jungen Männern, Lehrlinge und Schüler wie er. Ein paar ältere Punx, vor denen tatsächlich so etwas wie Respekt herrschte und die sich erst nach ein, zwei Jahren anmerken ließen, dass sie Gustav zur Kenntnis genommen hatten. Irgendwie und warum auch immer. Pichler und Tommy zeigten ihm in der riesigen Wohnung von Pichlers Eltern das Pogo-Tanzen, zum ersten Mal hörte er die Exploited, Johnny Thunders und die Heartbreakers, die Cockney Rejects. War das laut! War das geil! Der doch irgendwie benötigte Zutrittscode in den inneren Punk-Zirkel ein Look, eine bestimmte Art zu gehen, eine Art zu schauen. Das selbst-verständliche Beherrschen des anstrengungslosen „hanging around", des endlosen Herumhängens. An der Donau, bei der Schiffsanlegestelle, in einem Lokal mit Spielautomaten, im Park. Überall dort, wo nicht unbedingt sofort damit zu rechnen war, dass andere Gäste auf sie losgingen, weil sie so anders aussahen, als es offensichtlich vorgesehen war. Wie im anderen Kino, einem alternativen Lokal mit angeschlossener Filmabspielstelle oder umgekehrt. Dort sah Gustav wenigstens zehnmal den „Great Rock'n'Roll Swindle",

Malcolm McLarens mit dem Tod des armen dummen Sid zusammengebrochene Phantasie über die grandiosen Sex Pistols. Der Film war Scheiße, aber die Musik gut und Johnny Rotten sowieso ein König. Ungezählte Nachmittage, frühe Abende und dann lange Nächte im Elektro-Schmid, über den Donkey Kong gebeugt, das Taschengeld abzählend, das für einen oder zwei Gespritzte oder Bier reichte. Das von heftiger Adrenalinausschüttung begleitete Abenteuer, vom E-Schmid über die Landstraße und Führers Nibelungelungenbrücke zu Fuß nach Urfahr ins Landgraf oder in die ums Eck davon gelegene Stadtwerkstatt zu gehen. Es konnte schon passieren, dass Passanten die Nerven verloren und ihnen einfach so ans Leder wollten, aus Prinzip. Oft blieb nur die Flucht, weil der Feind eindeutig in der Überzahl war und weit entschlossener wirkte, körperliche Gewalt anzuwenden als sie, die ach so gefährlichen und bedrohlichen Punx. Einmal, ihr vierköpfiges Häufchen hatte schon rennend den sicheren Hafen Stadtwerkstatt erreicht, wurde es Gustav zu blöd und er drehte sich um, fixierte den ersten der herannahenden Angreifer. „Wos soi der Scheiß?" Dessen aus dem Schwung des Laufens nach ihm tretender rechter Fuß stoppte unmittelbar vor seiner Nasenspitze. Die Erleichterung darüber war beidseitig. Immerhin. Schon drehte sich die Laufrichtung, weil seine Freunde Verstärkung geholt hatten und sie jetzt ihrerseits in der deutlichen Überzahl an Gustav vorbeistürmten und ihre ehemaligen Verfolger verfolgten. Gustav blieb lieber stehen und schnaufte aus, schließlich hatte er vom Sport doch bitte die Schnauze voll.

Das kreative Selbstermächtigungsprinzip Punk lag anfangs eher brach in Linz, die Phantasie ging zunehmend für neue

Arten des sich Zudröhnens drauf. Leitdroge ganz eindeutig der gute alte Alkohol. Wirklich teuflischer Stoff wie Ribiselwein oder Kirschrum, bodenständige und kosteneffektive Urahnen der Jahrzehnte später bigott diskutierten Alko-Pops. Haschisch, Gras oder Marihuana waren weniger als Hippie-Drogen verpönt, das auch, aber schlicht und einfach nicht oder eher selten im Angebot. *This city is not connected!* Dafür war alles, was schnell machte, extrem populär, entsprechende Tabletten aus den Medikamentenschränken der Mamas und der Papas wurden gerne genommen, alles eine Frage der Dosis. Ein eher öder Nachmittag, der sich für Gustav und seine Freunde in der elterlichen Wohnung richtig träge und zäh, dem absoluten Zeitstillstand nahe anließ, gewann entscheidend an Dynamik, als Franz in der Hausapotheke die beachtlichen Captagon-Vorräte von Gustavs Vater entdeckte. Der kämpfte, seit Gustav denken konnte, mit tatsächlichem oder eingebildetem Übergewicht und widmete sich diesem, sonst gerne von Frauen betriebenen lässigen Hobby durch zahlreiche Diäten. Oder durch die konzentrierte Einnahme dieser vom Hausarzt verschriebenen, mit Amphetamin gesättigten und die Gewichtsabnahme angeblich sehr fördernden Leckerlis. Franz, dessen Expertenrang in solchen Fragen unbestritten war, teilte seinen Fund großzügig unter ihnen auf. Alle hatten sie Franz in einem Artikel der Kronenzeitung übers E-Schmid wiedererkannt, aus der Serie „Die Angst der Österreicher". Mit der reißerischen Überschrift „Ein brodelnder Hexenkessel". „Mit dem hohlwangigen Antlitz eines Gefolterten" und „ein Lüftchen könnte ihn umblasen" stand zu lesen – das war Franz. Gut zu wissen, dass Zeitungen brennen oder am Klo nützlich sein können, Fernseher fliegen hervorragend aus Fenstern oder sind praktisch als Abstellflächen, Radios können unerwünschte Stille vermeiden helfen, wenn gerade nichts anderes zur Hand ist. Mit einem Journalisten redest du nur, wenn er zahlt, wenigstens ein Gulasch oder ein Seidl muss drin sein. Du erwartest nichts, gar nichts von ihm oder dem was er in seiner Zeitung bringt. Am wenigsten etwas, das nur entfernt der Wahrheit ähnelt, die du erlebst oder kennst.

Diese medienpolitischen Grundsätze, die Gustav als junger Punk lernte, lernen musste, ließen ihn ein Leben lang nicht im Stich. Die zwei Wichser vom hippen Stadtmagazin Wiener, Jahre später angereist, um eine Reportage über ihre boomende Szene zu schreiben. Schauten sich leicht düpiert in der Kapu um, in ihren leichten Leder-Blousons und mit Haarschnitten wie aus einem schlechten Bowie-Video Anfang der 80er. „Habt's ka fesche Punkerin mit dicke Titten?" „I glaub ihr sad's da falsch."

„Runter damit, dann wird's lustig", sagte Franz und zeigte auf die Tabletten. Und lustig wurde es schon im O-Bus auf der Fahrt in die Stadt. Da fühlten sie sich alle fünf wenigstens drei Meter groß, unsterblich und absolut unbesiegbar. Was sie die restlichen O-Bus-Gäste mit großem Geschick und Gusto terrorisieren ließ. Wie mit Siebenmeilen-Stiefeln rasten sie vom Hessenplatz aus los, um sich an der Stadt zu rächen und gütlich zu tun, für all ihre Sünden, für all ihre herzlose Ignoranz. Viele, viele exzessive Stunden später hatte sich ihre fröhliche Runde in das krasse Gegenteil von Wohlgefallen aufgelöst. Die geile Wirkung der lustigen Pillen hatte sich in eine ziellose, antriebslose, dumpf vor sich hin dümpelnde, fahle Aggression frei von jeglichem High und eine zunehmende innere Demoralisierung verkehrt.

The coming down sure beats the high. Gustav war gefangen in dem unausweichlichen Gefühl, ein Leben lang allerhöchstens drei Zentimeter groß zu sein und von allem, wirklich allem, was in seinen Gesichtskreis kam, unmittelbar von der grausamen und endlos schmerzhaften völligen Vernichtung bedroht zu sein. Ein Gefühl, das der fernsehreife Auftritt seiner besorgten Eltern im Anderen Kino nur bedingt milderte. Vorne weg stürmte der aufgebrachte Vater seines Freundes Thomas, der nur ein paar Häuser weiter in der Siedlung wohnte. „Gebt unsere drogenbeschädigten Kinder frei!" Hatte Thomas Vater das soeben wirklich gerufen? Auf jeden Fall zischte er den langhaarigen Kellner an, der sich ihrem Tisch näherte, „schleich di du Drogenfresser, sonst reiß i da ane." Gustavs Eltern blieben im Vergleich dazu recht ruhig, nachdem sie sich vergewissert hatten, dass er wenigstens körperlich noch am Leben war. „Foan ma hoid ham."

Die Captagon-Episode hatte keine wirklichen Konsequenzen, bis auf die Verlegung der Hausapotheke. Gustav las in der Zeitung von einer Frau, der es im Zusammenhang mit den Tabletten das Herz regelrecht zerfetzt haben soll. Wie sich das wohl anfühlt, wenn es einem das Herz zerfetzt?

Kebabträume in der Mauerstadt

Schon am ersten Tag war die Tour „Frieden auf Erden – Ficken auf Pferden“ getauft worden. Sie waren mit drei Bands in drei Bussen unterwegs, Yes Yes Yes Maybe aus München und die beiden Linzer Hardcore-Champions, S.T.D. und F.O.D. Silvio, der Sänger der Münchner hatte ihren gemeinsam Trail so getauft, was immer ihm dabei genau durch den Kopf gegangen sein mag. Die Dates in Holland waren leider gecancelt worden, stattdessen würden sie die Tage nach Weihnachten 1988 ausschließlich durch Deutschland kurven, bis ins neue Jahr 1989 hinein. Bremen, Frankfurt, Hamburg, Lübeck, Göttingen, über Silvester in Berlin, wo sie einen Tag vor dem Jahreswechsel spielten, im Rauchhaus. Ihre drei Bands ergänzten sich sehr gut, die Buben von der Isar hatten es mehr mit dem Noise und einer etwas abstrakteren Energie, hergeleitet von den späteren Black Flag oder B'last. An einem guten Abend mit einer guten, lauten Anlage ein nahezu kathartisches Erlebnis. Silvio brüllte sich die sprichwörtliche Seele aus dem dünnen Leib und absolvierte über die ganze Bühne bis hinein in den Publikumsraum ein Bewegungspensum, das austrainierten Spitzensportlern zur Ehre gereicht hätte. F.O.D. kokettierten zu der Zeit schon mehr und mehr mit Metal-Einflüssen, aber wie das dann bei ihnen klang, dazu ließ es sich wirklich sehr okay headbangen. S.T.D. gaben im Kontext der Tour die Vertreter der Washington D.C.-Schule, mit klassischerem Songaufbau, und dem Bemühen andere musikalische Ausdrucksmittel in die Songs einzubauen, nicht immer das gleiche Nur-nach-vorne Gebolze-und-Geprügel. Wobei sie darin aber immer noch am Überzeugendsten waren, sofern Haralds Fuß an der Kick-Drum einen guten Tag erwischte und dann, wenn sie es schafften aus der Raserei halbwegs sauber in die Refrains zu kommen. Im F.O.D.-Bus lief oft eine Band, die gerade populär wurde, die heraufdämmernde Renaissance der wilden bösen Buben des Rock im globalen Mainstream. Guns'n'Roses hießen diese Amis. „Da kann ich doch gleich motherfucking Bon Jovi hören", meinte Gustav grantig, dem weniger die Musik, als dieses öde Tätowierte-Männer-mit-vielen-Haaren-Ding auf die Nerven ging. Überhaupt Tätowierungen! Vor zwei, drei Jahren waren den anderen Badegästen im Linzer Parkbad noch beinahe die Augen aus den Köpfen gefallen, als sie mit ihren Tatoos auf den bleichen Armen aufmarschierten, in dieser Saison waren schon die Bademeister gepeckt und häuften sich die Arschgeweihe bei den jungen Damen. Things change, optisch oft for the worst.

Ein anderes Album, das überall lief, nicht nur in ihren Bandbussen, sondern an eigentlich allen Konzertorten, die sie ansteuerten, war „Suffer“ von Bad Religion. Deren simpler Melodieseligkeit zu einem geraden Highspeed-Beat konnte und wollte sich keiner entziehen. *I've seen a lot of things in five years / I struggle just to hold back the tears.* Es war verdammt großartig, einen studierten Biochemiker und Wundersänger Lyrics über Vergänglichkeit und den Weltuntergang singen zu hören, großartige Zeilen vollgespickt mit Vokabeln, die die gesamte österreichische Englischlehrerschaft vor unlösbare Rätsel stellen würde. Die Band eine Art entfesselter metaphysischer Ramones mit hohem Wiedererkennunsgwert. Das Bad Religion T-Shirt mit dem Logo – ein durchgestrichenes Kruzifix – die ideale Schuluniform nicht nur für Klosterschüler und –schülerinnen. Verjagen wir doch den ganzen verfluchten Klerus nach Bad Religion, in den kleinen ungemütlichen Ort ohne fließend Wasser und Strom.

Im Oktober '91 war Gustav mit seiner anderen Band Eight Navaros unterwegs, gemeinsam mit den norwegischen Sound-Berserkern von So Much Hate, die geilste europäischen Hardcore-Band, die je existiert hatte. Die klangen wie ein Sturm der gerechten Wut über die Niedertracht und Heimtücke des Menschen, gekonnt entfacht von vier absoluten Schnuckis, die sich nach den Gigs regelmäßig in röhrende Partytiger verwandelten. Entsprechend erschöpft und verkatert fand sich ihr zwölfköpfiger Haufen nach den Soundchecks im Café-Bereich eines Stuttgarter Konzertortes wieder, auf Sesseln und die Couch verteilt. Die Kapuzenpullover waren dicht zugezogen, wer keinen trug, versteckte sich hinter einer Sonnenbrille, trotz der matten Beleuchtung. Von der mit beiden Händen fest umklammerten Kaffeetasse vor sich erhoffte sich der eine oder andere die Rückkehr eines kleinen Rests von Lebensgeist. Da fing diese Platte zu spielen an, alle horchten auf. Als der erste Song vorüber war, ging jemand zur Theke und fragte, was denn das bitte sei. Es waren Nirvana mit „Nevermind". Wer mit der Musik lebt, spürt, wann sie ankommt.

Die Konzerte der Frieden auf Erden-Tour waren durchwachsen, am besten der spontane Gig in der Kneipe unter der Wohnung ihrer Freude in Bremen. Sowieso beeindruckend Hamburg, wo in der Punkkneipe im besetzten Haus die unverschämt günstigen Preise der hochprozentigen Alkoholika auf einen bei einer Demo erbeuteten Polizei-Schild geschrieben waren. Gustav ging mit ihrem Fahrer, Flo, der selbst in einer Band spielte zum Hafen, schaute lang den Schiffen zu. „Ich hab Fernweh!", seufzte Gustav. Flo sah ihn vollkommen entgeistert an. „Tausend Kilometer von zuhause weg und du hast Fernweh?"

Fast alle wollten sie in die Herbertstraße, „Huren schauen", aber keiner traute sich so richtig. Einzig Silvio und seine Freundin marschierten ungeniert hinein und wenn der Ringleader das tut … bigotter Haufen! In Harrys Hamburger Hafenbasar, in dem in den weiter hinter gelegenen Räumen Hinweise angebracht waren, sich bitte rechtzeitig zum Ladenschluss wieder auf den Weg nach vorne zu machen, entdeckte er einen polynesischen Schaukelfisch. Den hätte Gustav gerne für seinen Sohn Julian gekauft, der im Dezember 1989 geboren worden war, allerdings hatte er die 100 Mark einfach nicht. Sie waren zwei Wochen unterwegs, spielten dabei vielleicht acht oder neun Konzerte, das heißt, es gab genügend Zeit zum Herumhängen. In einer geilen WG in Frankfurt, wo ein Flipper im Wohnzimmer stand, ließ es sich hervorragend aushalten. „Wollt ihr mit in die Stadt?" „Nein, wir flippern ... zusammen."

In Göttingen waren sie in eine Hochglanz-Disco mit Livebetrieb gebucht, wo doch mit dem Juzi der Ort, wo sie spielen hätten sollen, ganz klar war. Ab ihrer Ankunft gab es nur Stress mit dem Discobesitzer. Er wollte sie so wenig wie sie ihn. Die Soundchecks waren eine einzige Quälerei, mal war etwas zu laut – „da krieg ich Schwierigkeiten" – , mal fiel ein Verstärker aus oder gaben Teile der P.A. ihren Geist auf. Ein Mikrokabel war falsch gesteckt, ein Kanal krachte, tons of Bad Karma! Das Catering passte nicht, die mageren Biervorräte im Backstageraum konnten einfach nur ein schlechter Witz sein. Zum Glück tauchten Freunde aus dem Juzi auf. „Scheißt doch drauf und spielt einfach bei uns." Gesagt, getan, am verblüfften Discobesitzer vorbei räumten sie ihr Equipment im Blitztempo wieder in die Busse, inklusive dem wenigen verbliebenen Bier und zweier Palmen, die kurz vorher noch den Eingangsbereich des Etablissements geschmückt hatten. Die sich dann im Juzi ganz hervorragend machten. Das Konzert konnte dort zwar erst um Mitternacht beginnen, es mussten noch Leute zusammengetrommelt werden, aber alle drei Bands waren „on fire", spielten im Bewusstsein das Richtige zu tun, dort zu spielen, wo ihre Musik hingehörte und herkam, und nicht in einer motherfucking Disco, die ohnehin nur opportunistisch am kurzen

Hardcore-Hype mitnaschen wollte, der durch Bands wie Fugazi, No Means No, Bad Brains oder Jingo aus Berlin selbsternannte Zeitgeistverwalter wie die Spex erfasst hatte. Als sie zu spielen aufhörten, ging draußen schon die Sonne auf, die Vögel zwitscherten. Eine akustische Labsal nach den Breitseiten, die alle drei Bands abgefeuert hatten. Joschi, der junge und hübsche Sänger von F.O.D., zu dessen Bühnenact das eindrucksvolle Schütteln seiner Dreadlocks gehörte, wenn er nicht gerade wieder in time mit einem Drumbreak zu einem athletischen Luftsprung ansetzte, war mit den eindeutigen Avancen gleich zweier Frauen konfrontiert. Fast hilfesuchend sah er zu Ernie und Gustav herüber, die sich angeregt unterhielten, noch voller Post-Gig-Energie und zufrieden nachglühend. Ernies knappe Geste sagte „geh nur". Wenig später packten ihn die beiden Ladies ein, die späte Abreise aus Göttingen am nächsten Tag sah einen erschöpften, aber zufriedenen Sänger mehr. Die Reise nach Berlin war speziell, vor allem die unvermeidliche Begegnung mit den DDR-Grenzern. In ihren Kreisen machte die Geschichte der Band Scream die Runde, bei denen mit Skeeter Thompson ein Farbiger Bass spielte. Auf ihrem Weg in die geteilte Stadt kontrollierte ein Offizieller des ostdeutschen Bauern- und Arbeiterstaates die amerikanischen Klassenfeinde, vergleicht jedes Passfoto ganz genau mit den Gesichtern, die ihn aus dem Inneren des Bandbusses heraus anschauen. Er kommt zum Reisedokument von Skeeter. „Skeeter Thompson, who is this?", fragt er todernst in den Bus hinein, in dem sonst nur Weißbrote sitzen, die eine verdammt harte Zeit haben, nicht in lautes Lachen auszubrechen. Wer weiß, ob Scream sonst je ihr Konzert in der Mauerstadt gespielt hätten?

Ähnlich beklemmend war ihr eigenes Erlebnis auf der Weg in die Westenklave. Nie wieder sollte Gustav einen so penibel in der Rolle Grenzsoldat eines von Feinden umgebenen Staates aufgehenden Menschen erleben. Brauchte er ein Bild für die Angst, die ihm totalitäre Staaten und Denksysteme machten, musste er nur an diesen „seinen" DDR-Grenzer denken. Dass eine Uniform so korrekt sitzen konnte! Dass ein Mensch sich so unmenschlich bewegen konnte, ein Gesicht so völlig ohne jede menschliche Regung auskommen konnte, ohne den Hauch einer persönlichen Mimik, die nicht ganz Rolle und Aufgabe war, eine eisige Unnachgiebigkeit im Blick, die ganze Landstriche veröden hätte können. Bei diesem einen Grenzübergang waren sie tatsächlich alle verstummt, die sonst oft demonstrative Heiterkeit bei solchen Gelegenheiten wollte sich nicht und nicht einstellen. Es war nicht nur das heruntergekurbelte Fenster, das die Temperatur im Wageninneren rapide sinken ließ, es war die Verunsicherung, dass bei Zöllnern wie diesem einfach nicht wirklich klar war, wie das Spektrum der Dinge aussah, die sie mit einem tun konnten. Was dem System dahinter einfallen mochte, was ihre kleine unbedeutende Band aus Linz denn darstellen könnte. Sowieso, nichts, und selbst wenn, konnte es der DDR doch nur recht sein, wenn der Westen an seiner eigenen Verderbtheit erstickte oder wenn Bands wie sie in subkulturellen Mikrobereichen seine Werte in Frage stellten. „Sie können weiterfahren" waren die schönsten drei Worte, die die vier Bandmitglieder von Stand To Demand und ihr Fahrer seit langer, langer Zeit gehört hatten. Die Temperatur stieg wieder und nach einem letzten Blick auf den Zollposten erzählte Gustav die Story von H.R., dem Sänger der Bad Brains, der auf der Transitstrecke aus dem Bus gesprungen war, weil er das Babylon in seiner eigenen Band nicht länger ertragen konnte. Ihr Bassist hatte ihn dann allerdings mit Engelsgeduld und etwas holy herb davon überzeugt wieder einzusteigen, bevor es zu einer Konfrontation zwischen dem bibelfesten Rasta-Punk, mit den Unterarm großen Dreadlocks und Vertretern der DDR-Staatsautorität kommen konnte. Schade eigentlich. „The DDR is Babylon, too, evil bloodclot communist breathen!“ Da wäre Gustav gerne Mäuschen gewesen. Es war eine ganz unmittelbare Erleichterung, das Gefühl, dass einmal etwas richtig lief, die Gustav verspüren sollte, als nur ein Jahr später die DDR in der Folge rasch verdrängte und verklärte Geschichte werden sollte. Wie es nicht nur für einen Punk grundsätzlich ein gutes Gefühl ist, wenn eine Mauer eingerissen wird, die etwas trennt. Ähnlich befreit war das Gefühl das erste Mal über die nicht mehr von Uniformierten kontrollierte Grenze nach Deutschland zu fahren, als Österreich in die EU eingetreten war. Dass in beiden Fällen der Preis für diese kleine unmittelbare Erleichterung viel zu hoch war, stand für Gustav allerdings fest.

Die drei Tage in Berlin, die vor ihnen lagen würden sie für die bangen Momente beim Grenzübertritt reichlich entschädigen. Wenn sich die Wiener Arena Anfang der 80er für Gustav angefühlt hatte wie ein kleines Punk-Utopia, dann dehnte sich in Westberlin dieses Gefühl auf eine ganze Stadt aus, war ganz konkret im Stadtteil Kreuzberg zu spüren, in dem ein anderes Leben nicht nur möglich, sondern schon stattzufinden schien. Sie kamen am Dachboden eines besetzten Stockhauses unter, Anlaufstelle und Schlafplatz für viele in Berlin Station machende Punx aus aller Welt, ein internationales Schlafplatz-Lager, erfüllt vom Geruch von Kebap und billigem Bier, freezing cold, was aber niemanden wirklich störte. Die erste Nacht verbrachten Pichler und Gustav noch in einer Wohnung im Erdgeschoss, zwischen ihren Couchen ein mit Party- und Essensresten voll gestellter Tisch, Saucieren und Muschelschalen, leere Sektflaschen, oder war das nicht sogar Schampus? Diese Menschen wussten zu feiern, definitiv! Der Schlaf war unruhig, weil sich schon die ganze Stadt konzentriert auf den Jahreswechsel einschoss. Den letzten, den sie als geteilte Stadt hinter sich bringen sollte. Ihr Gig im Rauchhaus war eine wilde Angelegenheit. Als Gustav die Gästeliste mit fast zweihundert Namen sah, darunter Charlie Harper von den UK Subs, britischen Punkurgesteinen, die mit „Crash Course" eine seiner absoluten Lieblingsplatten, ein vor Kraft strotzendes Livealbum gemacht hatten, fragte er sich zwar, wer denn dann noch zahlen sollte, aber …

Hundertschaften strömten einen Tag vor Silvester zum Konzert, Gustav machte Charlie tatsächlich in der Menge aus, am Arm eine junge Frau, verliebt turtelnd mit dem ewig jungen Punkveteranen, der die Vierzig längst überschritten und das verbliebene Haar zu trendigen Dreadlocks geflochten hatte. Nur ein Bruchteil der Besucher hatte im eigentlichen Konzertraum Platz, der Rest verteilte sich in den weitläufigen Gängen, da kreiste eine mitgebrachte Weinflasche, dort ein

Joint. Es war eine wilde, inspirierende Energie, die ihrer Musik gut tat, wahrscheinlich das beste, auf jeden Fall das konzentrierteste Stand To Demand-Konzert, das sie jemals gespielt hatten, meinte Gustav nachher.

Längst waren sie dank Archie, der sie in Berlin unter seine Fittiche genommen hatte angejunkt auf das Hauptnahrungsmittel Kebab. Drei, vier pro Tag gingen sich locker aus, am Tag nach dem Konzert behauptete Harald gar fünf gegessen haben. In Linz oder Wien war diese Form von Fast Food damals noch unbekannt, was sich in wenigen Jahren nachdrücklich ändern sollte. Sie konnten sich kaum satt essen an den mit Lammfleisch, Zwiebel, Salat, Tomaten, Kraut, Joghurtsauce und „scharf" gefüllten exotischen Köstlichkeiten, eine Offenbarung, nachhaltiger als die Musik von Bad Religion oder Guns'n'Roses.

Archie kannten sie als Gitarristen der Band Inferno, die eines dieser Konzerte in der Kapu gespielt hatten, bei denen spürbar wurde, wie sich Punk Richtung Hardcore veränderte, eine andere Musik, ein anderer Look. Archie war von Augsburg nach Berlin gezogen, aber immer noch in freundschaftlichem Kontakt mit Dolf, der Inferno gemanagt und die Tour ihrer Bands gebucht hatte. Dolf gab außerdem als prototypischer Hardcore-Netzwerker mit Silvio gemeinsam das Fanzine „Hope" heraus, ein monatlich erscheinendes Zentralorgan der süddeutschen Hardcore-Gemeinde, auf dessen Leserbriefseiten die Schlacht zwischen Nietenaffen, also traditionellen Punx und Bandana-Deppen, also Hardcore-Jüngern, in voller Blüte stand und mit der Heftigkeit jedes wahren Glaubenskrieges ausgetragen wurde. Die Dinge mit denen junge Punx ihre Zeit verbringen ...

Silvester feierten sie alle gemeinsam in einer berstend vollen Kneipe, in der schon lange vor Mitternacht immer wieder jemand einen Stagedive von einem der Tische oder der Balustrade unternahm. Zu sagen, es war wild, wäre eine massive Untertreibung gewesen. Gleich gegenüber war eine türkische Kneipe, was die Brüder dort an Feuerwerkskörpern in die Berliner Luft jagten, muss ein wahres Vermögen gekostet haben. Immer wieder kam jemand aufgeregt in die Kneipe, Naziskins wären gesehen worden. Dann rannten Scharen von mit Billardschlägern, Stuhlbeinen und anderem Kampfgerät bewaffnete Punx und Hardcores nach draußen, um dem rechten Pack den Weg zu weisen. Ob es tatsächlich zu Kampfhandlungen kam entzog sich zunehmend Gustavs massiv alkoholgetrübter Kenntnis. Irgendwann in den Morgenstunden taumelte er nach Hause, durch ein Kreuzberg, das deutlich die Spuren von Silvester und Silvesterdemo zeigte. In einem Durchgang lauerte ihm ein sichtlich noch mehr wie er selbst gezeichneter Langhaariger auf und drohte ihm eine leere Bierflasche überzuziehen. „Du bist ein Zivilbulle, ganz bestimmt." „Geh, nix bin i! I bin a Punk aus Oberösterreich, du Trottel!" Der Langhaarige ließ ihn nach einer Weile sprachlich recht anspruchsvoller Diskussion schließlich unversehrt ziehen.

Mit den ersten Wiederbelebten steuerte er am nächsten Tag gleich wieder die Kneipe an, die er erst unlängst verlassen hatte. Der Wirt, schon wieder völlig wiederhergestellt in seinem wie frisch renoviert aussehenden Lokal, strahlte sie an. „Gut gestern, was!“ Er schenkte ihnen sofort eine Runde Anisschnaps aufs Haus aus. Gustav wollte nicht unhöflich sein, selbst wenn ihn sein Magen darum anflehte. Prost, auf 1989!

Jahre später kaufte Gustav sein erstes Kebab am Linzer Hauptplatz. „Kein Vergleich mit Berlin!“

Let the music play!

Die Musik war schon immer da. Aus dem Radio im Auto der Eltern, Ö3 war da noch hörbar, das Hitpanorama. „Free Electric Band" von Albert Hammond liebte Gustav vom ersten Hören an, die Lyrics, die er noch nicht verstand, trotzdem von nahezu prophetischer Qualität. *My future in the system was talked about and planned, but I gave it up for music and the Free Electric Band.*

Der Plattenspieler bei den Eltern seiner Mama, ein 60er-Jahre State Of The Art-Modell war im Dauerbetrieb, setzte täglich eine Unmenge an Singles um, alle noch mit großem Loch in der Mitte. Volksmusik, Schlager, Peter Alexander und dessen umfangreiches Werk. „Mandolinen um Mitternacht", „Die süßesten Früchte" …

Gus Backus mit seinem alten Indianerhäuptling, der etwas zu sagen hatte. Und immer, immer wieder Heinz Conrads mit seiner leichten, süßlich klingenden Musik- und Unterhaltungs-tapete, die sirupdicke leichte Muse mit dem säuerlichen Nachgeschmack zum Gesamt-familien-Frühstücksritual. Der Soundtrack einer schier endlos scheinenden Reihe gleich-förmiger Sonntage. Selbst wurde in der Familie keine Musik gemacht, außer wenn bei familiären und freundschaftlichen Ausgelassenheiten der Alkoholkonsum merklich fortgeschritten war und unweigerlich zu singen begonnen wurde. Gustav wohnte solchen Gelegenheiten immer hingabevoll mit großen Ohren und Augen bei. All das Ungeheuerliche, das es dabei schon vor dem Singen zu sehen und zu hören gab, nicht zuletzt dann das Liedgut. Er bewunderte seinen Großvater aufrichtig, der im Brustton der Überzeugung die wenigen Textzeilen schmetterte, die er tatsächlich auswendig wusste, und sich ansonsten mit beherztem Brummen keine Blöße gab. Eine musikalische Strategie, die er zu Weihnachten geradezu perfektionierte. Ein natural born singer, so gesehen, und an die Schneiderei, sein Brotgewerbe, fast verschwendet.

Hatte das Radio im Auto Pause, liefen Kassetten von den Verwandten aus Amerika. Jim Groce, Arlo Guthrie – „hello America, how are you?“ – und best of all Johnny Cash! Der Beginn einer langen Liebe zu dessen Songs, die schon der kleine Gustav verstand ohne ein Wort davon zu verstehen, was tatsächlich gesungen wurde. Five Feet High And Rising? In Linz gab es ab und zu Hochwasser, die Familie fuhr dann in die Stadt um zu schauen, wie weit die Donau wirklich schon über die Ufer getreten war.

Die Mutter von Gustavs Vaters sang oft und schön in der Küche, beim Faschieren mit dem Fleischwolf, dieser

Mischung aus Schraubstock und Küchenutensil, was seine kindliche Phantasie lange beschäftigte. So etwas in Groß, zum Menschen Hineinstecken? Beim Kochen sang sie und weiter nach dem Essen, beim Abwaschen, während Gustav wartete, dass ihn seine Eltern abholten. Es waren so unendlich wehmütige, sehnsuchtsvolle Lieder, eigentlich eine Art tschechischer Soul, mit dessen Klang seine Großmutter die Heimat, ihre Kindheit und Familie in der kleinen Küche am Froschberg für ein paar erinnerungsselige Momente heraufbeschwor.

Die paar Handvoll Langspielplatten der Eltern zum neuen Plattenspieler im neuen eigenen Wohnzimmer, damit dieses Möbelstück seinen Sinn hatte. Ein entlegener Live-Dylan, ein dickes, fettes Vinyl mit ausgewählten Stones-Stücken, eine K-Tel-Platte mit den zwanzig größten Hits von Creedence Clearwater Revival, Arik Brauer und dessen Protest-Gassenhauer, die ewigen Beatles, rotes und blaues Doppelalbum, Ludwig Hirsch und seine Morbiditäten. Vielleicht die letzte Musik, die Eltern und Sohn in gleicher Intensität wahrnahmen. Die ersten eigenen vom Taschengeld gekauften Disco Greats-Zusammenstellungen, zehn dicht gepresste Songs pro Seite. Der erste eigene Kassettenrecorder und das komplexe Kunststück ein Lied aus dem Radio aufzunehmen, ohne dass der Moderator dreinredete oder das Lied abgeschnitten wurde. Bubenmusik und Rockforschung. Manfred Mann's Earthband, Deep Purple, Pink Floyd, Cream, Led Zeppelin. Schon irgendwie, aber noch nicht ganz.

Der Zufall wählt die Platten aus, um uns zu verderben? Nicht ausschließlich, bei Gustav waren die Geographie der

Stadt Linz und die spezielle Geographie seines Lebens wesentliche, durch und durch mitschuldige Komplizen. Mit dem Besuch seines ersten Gymnasiums, bewegte er sich jetzt mehr im Herzen der Stadt, nie weit entfernt von ihrer Lebensader, die ein städtisches Leben wenigstens erahnen ließ, der Landstraße. Sein Gym war benannt nach einem Bauernrebellen, was ihm zuerst sympathisch war, bis er realisierte, auf welchem Weltbild dieses Rebellentum basierte. Von dort auf dem Weg zur Schneiderei der Großeltern lag in einem Innenhof die Filiale einer mit Postversand gestarteten landesweiten Kette von Schallplattengeschäften. Auf der wachsenden Grundausstattung seiner Plattensammlung waren noch jahrelang die Meki-Preispickerl zu sehen. „Whatever You Want" von Status Quo hatte der Postler noch an die Tür gebracht, als er mit seinem kleinen Bruder Karl im Stockbett herumtollte. Rock'n'Roll stört Bruderliebe.

Der folgende Ablauf wurde zu Gustavs fast täglicher Routine. Schnell raus aus der Schule und weg von ihr, ein Abstecher ins Geschäft, mit geübten Fingern und wachsamen Blick das Angebot und die Neuheiten sondieren. Der Oma dann über dem Essen sehnsuchtsvolle Blicke zuwerfen, wenn er etwas entdeckt hatte, dass er haben wollte, nein, haben musste. Wenn Mutter und Vater anwesend waren, ging allerdings meistens gar nichts diesbezüglich, da regierten die rituellen politischen Diskussionen zwischen seinem Vater und seinem Opa. Papa gab den überzeugten Roten, der den Großvater dafür schimpfte zu glauben, dass die ÖVP irgendetwas, auch nur das Geringste für Kleingewerbe wie das seine tat. Wenn Opa daraufhin nicht nur wortlos brummte, kamen

Anwürfe zurück, die den tiefen gesellschaftlichen Spalt, der durch Österreich lief, durch den mit Tellern und Töpfen voll gestellten Mittagstisch verlängerten. Eine mildere Ausprägung dessen, was die Roten selbst als die „Sozialistenfresser“ bei ihren ländlich geprägten politischen Gegnern ausmachten. Eingeraucht über beide Ohren hatte der ältere Gustav einmal stundenlang Bilder von seinem Opa und seinem Vater auf dem Bildschirm im Headspace. Immer wieder überblendet und verdrängt von Josef Taus und Bruno Kreisky, dann dem Kasperl und dem Krokodil. Es war ihm dabei nie ganz klar, wer ist wer? Wer der Kasperl, wer das Krokodil? Zu wem halten? Waren sie nicht alle völlig austauschbar, Teil des gleichen blöden Kinderspiels, des gleichen bescheuerten Kasperltheaters, dem sie alle gemeinsam nie entkommen konnten? „Im Zweifelsfall immer zum Krokodil“, brabbelte Gustav. Dann wurde ihm zuerst schwindlig und dann schlecht.

Oft genug allerdings griff die Oma zur Geldtasche und zückte einen, noch besser gleich zwei Hunderter. Sie verankerte in Gustav die tiefe Überzeugung, dass Geld um jeden Preis ausgegeben werden muss. Immer, bedingungslos, unter allen Umständen, der Opa wird's schon ernadeln, irgendwo kommt's schon her, vielleicht sogar wie der Strom aus der Steckdose. In seiner punkigsten Phase ließ er sich den Irokesenschnitt, mit dem er nach einer besonders wilden Party aufgewacht war, für fünf Hunderter ablösen. Charakterlich und ideologisch mies, eigennutztechnisch und volkswirtschaftlich total einwandfrei. Zu den positiven Dingen, die sich aus Gustavs Sicht über die Stadt Linz sagen lassen, gehört, dass in

Linz die meisten Orte, die man erreichen will, tatsächlich schnell zu erreichen sind, sogar zu Fuß. Nach der Schilling-Transaktion war der Weg von der Schneiderei zur Meki-Filiale eine Frage von Minuten, der Austausch Schallplatte gegen Geld ging oft noch viel schneller von statten. Schwieriger und langwieriger wurde es, wenn das umzusetzende Budget umfangreicher war. Ging es etwa darum, Schulschluss, Geburtstag oder Weihnachten in die Währung Vinyl umzusetzen. Da gingen sich meistens drei oder vier Platten aus, die mussten dann schon mit Bedacht gewählt werden. Weihnachten '79 hatte sich Gustav selbst „Setting Sons" von The Jam und „London Calling" von The Clash unter den Baum gelegt. Von einer stillen Nacht konnte danach unter den Kopfhörern keine Rede mehr sein. Strebsam, wie Gustav manchmal war, ja fast schon wissbegierig, versuchte er während dem Hören mit Hilfe eines Englischwörterbuchs und seiner eigenen rudimentären Sprachkenntnisse die Textbeilagen zu übersetzen. Bis auf Wellers „Girl On The Phone" eine recht aussichtslose Übung. Die Cover und Artworks der Platten hätten dazu gleich mehrere Glossare enthalten müssen, um die teils recht komplexen Referenzen, Slangausdrücke und Bedeutungsebenen für einen zwölfjährigen österreichischen Mittelschüler, der Bravo las und Smokie – noch! – mochte, nachvollziehbar zu machen. „Das Mädchen am Telefon ruft schon wieder an / sie erzählt mir dies und sie erzählt mir das."

Trotzdem waren es urlässige Weihnachten für Gustav. Beide Bands waren einfach großartig, The Clash noch ein wenig mehr als The Jam, und im Grunde verstand er alle

Songs sowieso, ein „Revolution Rock“ brauchte doch gar keine Übersetzung! *Everybody smash up your seats and rock to this brand new beat!* Das wär’s gewesen, die Wohnung komplett auf den Kopf stellen, mit dem ganzen Essen – *here’s food for thought monsters!* – herum schmeißen, sich in Mamas Kartoffelsalat wälzen und dann über den Balkon hinaus in den Schnee, um endlich einmal so richtig wach zu werden. Das Fest der eingekauften Liebe sorgte für aufgefüllte Geldreserven und Gustav konnte es gar nicht erwarten, bis die öden, endlosen Feiertage vorüber waren und er etwas davon für mehr Musik von The Clash ausgeben konnte, nicht die letzte Band, die er chronologisch „rückwärts“ kennen und lieben lernte. Was ihm gleichzeitig einen ersten Begriff davon vermittelte wie die Musik, auf die es wirklich ankommt ständig wächst und sich verändert und dazu erste vage Ideen davon, was Produktion und Arrangements mit dem Sound, mit dem tatsächlichen Daherkommen und der Gestalt von Musik zu tun haben. So oder so, die erste Clash, die mit dem grünen Cover, war noch geiler, ein unmittelbarer, Non-Stop-Energieausbruch in fünfzehn heftig um sich tretenden Portionen dringlichstem Aufbegehrens. So randvoll aufgeladen mit Wut und der Sehnsucht nach Veränderung, dass es kaum auszuhalten war. Joe Strummer und Mick Jones, Gitarren umgehängt, die wie Fräsen und Sägen klangen, sangen wie aus einem Mund vom Hass und vom Krieg, zu einer Rhythmussektion, die an Trommeln und Bass rührte, als befände sie sich gerade mitten auf einem Schlachtfeld. Schnell, schnell, schneller raus hier! Sie holten Gustav mitten in das vor Langeweile lichterloh brennende London und dort mitten hinein ins Garagenland, wo sich Bands wie The Clash formierten, sich die Finger blutig spielten, bis sie förmlich aus diesen Garagen heraus explodierten. Sie alle interessierte es schon viel zu lange einen feuchten Dreck, sich anzuhören *what the rich are doing and where the rich are going*. Wenn „Garageland" vorbei war, setzte Gustav sofort die Nadel bei „Janie Jones" wieder aufs Vinyl, sein Herz raste wie der Puls dieser Musik, lautmalerisch empfand er phonetisch die Texte nach und verstand sie so besser, als wenn er sie gelesen hätte. Das globale Punk-Esperanto konnte jeder sprechen, eine Grammatik, die einfach zu spüren war, ein Wortschatz, der allen offen stand. Gustav musste selbst dringend Teil einer Garagenband werden.

We're a Garage Band

Andreas Vater machte den Scherz mit dem Verheimlicher immer wieder gerne, so wie Gustavs Vater die einsetzende Konzerttätigkeit seines Sohnes dahingehend kommentierte, dass sie mit immer den selben zwanzig, dreißig Hanseln im Schlepptau kilometerweit irgendwohin fuhren, um für diese Zwanzig, Dreißig die Musik zu spielen, die diese ohnehin schon in- und auswendig kannten. Die Dinge, die Väter nicht verstehen!

Der Witz mit dem Verheimlicher war nur dann besonders mühsam, wenn sie gerade unter dem doch erheblichen Gewicht von Andis altem Gitarrenverstärker ächzten, den sie zu zweit aus dessen Zimmer im hintersten Eck der Wohnung im 2. Stock hinunter in die Garage schleppten, um dort damit zu proben. Manchmal klangen sie allerdings tatsächlich so grauenvoll, dass Gustav sich überlegte, dem Daddy seines

Gitarristen einfach beizupflichten. „Ja, zukünftig spielen wir wirklich nur mehr über einen Verheimlicher, wie Sie uns vorgeschlagen haben, Herr Oberwieser, Sie hatten völlig recht!"

Dann wäre nichts mehr zu hören gewesen von Gustavs schreiender Stimme. Er teilte sich mit dem geborgten Mikrophon mit dem extralangen Kabel den Verstärker mit Andi und dessen brachialer E-Gitarre. Glücklicherweise hatte der Amp zwei Eingänge, über den reinen sang Gustav, was eigentlich ein Widerspruch zu seiner heiseren, rauen Stimme war.

Vater Oberwieser parkte den fahrbaren Untersatz der Familie anderswo, damit sie in der Garage ungehemmt ihren Krach machen konnten. Harald hatte schon das Schlagzeug aufgebaut, das ebenfalls Andreas gehörte. Damit trommelte er bei den Rats, einer leicht 77er-Punk beeinflussten Band um Harry Hurtig, einem der begabtesten lokalen Musiker. Die Rats waren allerdings für Gustav viel zu wenig hart, viel zu langsam und, bewahre!, viel zu musikalisch. Gelegentlich schaute ihr nomineller Bassist in der Garage vorbei, den sie alle nur „Dachs" nannten, dabei wusste keiner so recht, woher dieser Spitzname kam. Dachs war ein Arbeitskollege von Harald, wie dieser, wie sie alle, schwer musikverrückt. Als sich in Linz um 1985 einiges zu bewegen anfing, sie hatten die Kapu, ursprünglich ein Jugendzentrum der Sozialistischen Jugend für sich entdeckt und in Beschlag genommen, machten Dachs und Harald ein Musik-Fanzine, „Zornpop". Sie besprachen darin alle möglichen und unmöglichen Neuerscheinungen, die sie in den mageren lokalen Bezugsquellen auftaten oder bei ausgedehnten Tonträgerbeutefahrten nach Wien in großem Stil einkauften, im Why Not? oder im Rave

Up, wie die zwei ersten Adressen für die Musik, die sie mochten, in der Bundeshauptstadt hießen. Aus irgendeinem Grund musste der Mensch jedoch arbeiten gehen, für Harald und Dachs war die Motivation dabei klar und eindeutig jene, das Budget für ihre ständig wachsenden Plattensammlungen zur Verfügung zu haben. Mit Harald in Wien Platten zu kaufen übersteige die Geduld eines buddhistischen Mönches, meinte Gustav, dem nach vier Stunden und 25 Minuten im Plattengeschäft regelmäßig der Geduldsfaden riss. „Jetzt zoi den ganzen Scheiß und wir gehen!" Harald hingegen war ein wunderbar geduldiger Mensch, der Gustav, den er vom Sehen kannte, im letzten Sommer zum Schulschluss in völlig illuminiertem Zustand nach Hause gefahren hatte. Beiden war es im Nachhinein ein vollkommenes Rätsel, wie es Gustav überhaupt gelungen war, dem nüchternen Fahrer die Adresse zu kommunizieren. Danach sahen sie sich öfter, besuchten gemeinsam die Kapu oder gelegentliche interessante Konzerte im Posthof oder der Stadtwerkstatt. Praktischerweise – für Gustav – wohnte Harald noch weiter außerhalb und konnte ihn auf dem Weg von Ebelsberg in die Stadt problemlos mit dem Auto mitnehmen. Harald trommelte bei einer Band, die den Namen „Izmirgut & Die Hilfsarbeiter" trug. Harald erklärte ihm das so, dass er sich gegen die Alternative Jugo & Die Gastarbeiter verwehrt hatte, weil Jugo früher sein Spitzname gewesen war und er davon die Schnauze absolut voll hatte. „Izmirgut & Die Hilfsarbeiter" spielten nicht uncharmanten Powerpop, mit eingedeutschten Coverversionen von Tenpole Tudor und ähnlichen Bands. Sie probten in der Nähe von Gustavs Siedlung in einem Raum der evangelischen Pfarre, sie hatten auch schon in der Kapu ein Konzert gespielt. Von dort kannte Harald Andreas und erzählte diesem, dass Gustav gesagt hatte, er könne Gitarre spielen und möchte unbedingt eine Band gründen. Jetzt besaß Gustav zwar tatsächlich eine Gitarre, aber von spielen können konnte keine Rede sein. Er konnte sie annähernd stimmen, so ungefähr und dann noch in den Verstärker einstöpseln, dann wurde es allerdings sogar für extreme Punkverhältnisse finster oder einfach unhörbar. Ein klassischer Fall mangelnder Konsequenz von Gustavs Seite, das Gitarrespielen fiel halt einfach wie so vieles andere ohne eigenes Zutun nicht einfach so vom Himmel.

Als sie schließlich zu dritt in der Oberwieserschen Garage gelandet waren, wurde rasch klar, dass Gustav einen Gitarristen höchstens zum Vollplayback faken könnte. Also wurde er zum Sänger ernannt, Harald setzte sich hinter die Drums und Andreas bekam aus seiner Gitarre ungleich mehr heraus, als der großmäulige Gustav. Egal, sie hatten eine Menge Spaß und schon bei der ersten Probe entstanden fünf Songs. Oder besser Fragmente und Blöcke von Musik und Textfetzen, aus denen irgendwann vielleicht Lieder werden konnten. Ihre unmittelbare Umgebung in der Garage bot Gustav eine Menge Inspiration, ein abmontierter Skiträger, der an einer Wand der Garage lehnte, lieferte den ersten Text. „Skiträger, Skiträger, ich liebe abmontierte Skiträger", grölte und hechelte er über einen dahingaloppierenden Rhythmus und einfache, rasante Akkordwechsel. Von DaDa hatte Gustav da schon gelesen, aber dieser Moment funktionierte weit unschuldiger, unreflektierter. Gleichzeitig konnte er für sich in diese absurden Worte weit mehr hineinlegen und aus ihnen herausholen, als in ihnen auf den ersten Blick drinnen zu stecken schien. Sie spielten ihre Struktur dreimal hintereinander, was nicht einmal fünf Minuten in Anspruch nahm. Sie machten noch andere Stücke, eines drehte sich um die lapidare Feststellung „wenn du keine Sorgen hast, dann mach dir selber welche", die anderen drei widmeten sich einem Thema, das in ihrer aller Leben keinen ganz kleinen Stellenwert hatte, dem Genuss von Alkohol und dem Alkohol an sich. Eines der Lieder verriet dabei Gustavs latenten Hang zur Melancholie. *Der Tag an dem das Bier verschwindet wird ein grauer Herbsttag sein, alle Fahnen werden wehen und wir werden alle traurig sein.* Nachdem sie ihr Instrumentarium wieder in Andis Zimmer verstaut hatten, schnorrte dieser drei Bier von seinem Großvater, das sie sich auf der Terrasse der Familie in aller Ruhe schmecken ließen. Ihr Lärm war super gewesen, aber die Stille tat jetzt gut. „In die Kapu?" „In die Kapu!" Wenn keine Konzerte waren, wurden dort im Konzertraum Tische und einige Sitzelemente aufgestellt, Musik kam von einem Plattenspieler oder Tapedeck hinter der Bar, das Freistädter Bier war günstig und der Kaputoast ebenso, vor allem wurde nicht mit Ketchup gegeizt. Als sie den verrauchten Raum betraten, rief ihnen Tommy entgegen „wo kommt's ihr denn her?" Gustav übernahm das Antworten. „Wir haben geprobt. Wir sind jetzt eine Band. Wir heißen Die Skiträger." So wurden Die Skiträger geboren.

Wenige Monate später hatten sie ihren ersten Auftritt. In der Kapu, nachdem Tommy eine Kassette in die Hände gefallen war, die Andreas mit seinem Taperecorder in der

Garage aufgenommen hatte. „Des is lässig", sagte Tommy, „spüt's doch!" Vor einer Band aus Ingolstadt, den Nikoteens spielten sie also ihren ersten Auftritt, Gustav brüllte bei den Ansagen zwischen den Nummern fast ebenso wie während der Lieder. Seine Mutter und sein Bruder waren im Publikum, ebenso einige Schulfreunde, sogar die Klassenschönste, was Gustavs Nervosität verstärkte. Selbst Dachs hatte es rechtzeitig in die Kapuzinerstraße geschafft und brillierte bei dem von ihm alleine komponierten Instrumental-Stück „Dritte Seite, Vierter Bund". Ihre Freunde feierten sie, als wären sie tatsächlich eine gute und echte Band, Gustav fühlte sich super. Die nächsten Monate wurden sie zur Kapu-Hausband, hauptsächlich in Ermangelung einer Alternative. Pichler machte seinen Zivildienst in der Kapu und das öffnete die Türen für von ihnen veranstaltete Punkkonzerte. Ernie und Gustav hatten über ihre Fanzines, selbstkopierte Hefte mit Plattenkritiken, Bandporträts und anderem Punkkram bald eine Menge Kontakte in den süddeutschen Raum und im learning by doing-Verfahren holten sie Bands ins Haus. Sangen die Wiener Extrem noch über Gustavs Gitarrenverstärker, mieteten sie bald eine richtige P.A.-Anlage, ihre Konzerte sprachen sich in einem verblüffend weiten Einzugsgebiet herum, selbst aus Wien und Passau kamen Punx angereist. Die Energie ihrer kleinen Gruppe war fast manisch, nach und nach hatten sie die Nicht-Punk und Hardcore-Interessierten de facto aus der Kapu verdrängt und veranstalteten nur mehr Bands, die sie hören wollten. Davon gab es mehr als genug, die gerne für Benzingeld, Schlafplatz, Essen und Trinken nach Linz pilgerten. Wer zum Teufel braucht eine Lesung? Oder ein gottverdammtes Jazzkonzert? Sie trieben den Geschäftsführer mit ihrer Ignoranz zur Verzweiflung. Warum sollen wir für was arbeiten, was uns nicht interessiert? Andreas, der in Wien studierte, war trotzdem extrem oft in Linz, weil so viele gute Konzerte stattfanden, was ihnen als Band wiederum genug Zeit zum Proben gab. Die Kluft zwischen dem, was sie hörten, und dem, was sie machen konnten, klaffte immer weiter auseinander. Andi brachte oft radikale neue Bands wie die Butthole Surfers, Big Black oder Killdozer aus Wien mit, Gustav kippte vollständig in die Dischord-Bands aus Washington D.C. und US-Hardcore generell hinein, Haralds Geschmack war all over the place und Dachs hielt in wacheren Momenten schon einmal eine kleine Kabinenpredigt über die Velvet Underground und deren ungebrochene Bedeutung. Irgendwann '86 spielten dann erstmals Negazione in der Kapu. Die Band aus Turin hatte eine Menge italienischer Freunde und Freundinnen im Schlepptau, dazu trudelten autoweise Protagonisten der sich formierenden süddeutschen Hardcoreszene aus Augsburg und München ein. Es war ein Gefühl, als wäre ein neuer Stamm aufgetaucht und nähme die Kapu für sich in Beschlag. Was später noch einmal passierte, als die ersten HipHop-Jams in dem kleinen subkulturträchtigen Raum stattfinden sollten, zum weitgehenden Unverständnis der Hardcore-Menschen. So wie jetzt die eingefleischten Punx den Kopf schüttelten und die Welt nicht mehr verstanden. Die Skiträger spielten diesmal zu dritt, Dachs hatte es diesmal nicht geschafft. Sie endeten mit einer Coverversion von „Minor Threat", von den Süddeutschen frenetisch gefeiert. Der Münchner Silvio erklärte Gustav nach dem Konzert das Konzept von Straight Edge, das Minor

Threats Ian McKaye geprägt hatte, was Gustav, der einfach die schnelle Musik mochte, mit einem lakonischen „Prost!" und einem Griff zum Freistädter Bier beantwortete. Negazione spielten danach eines dieser Konzerte, nach denen einfach alles anders ist. Vor Negazione mochte die Kapu Punk gewesen sein, nach Negazione war die Kapu Hardcore. Die Musik der Turiner entzieht sich einer Beschreibung, es war ein durchgehender entfesselter High-Energy-Krach, diese Band spielte weniger Songs, viel mehr gaben sie maximal beschleunigte und zerhackte Energieentladungen und –transfers ab. Die wohlklingende italienische Sprache setzte ein paar wichtige Widerhaken, die einem erlaubten sich in diesem Lärm, in diesem rhythmisierten Tosen für ein paar Momente zu orientieren. „Niente, niente, niente tutto questo" oder „Tutti Pazzi", „alle verrückt!" kreischte der Sänger, während der Bassist über die Bühne hüpfte, als hätte ihn etwas gestochen und er bräuchte dringend Hilfe. Wenn Punk eine Musik war, die sich damit begnügte, symbolisch die Hand zu erheben, um so zu tun, als wollte sie am Käfig des Lebens rütteln, war dies der unüberhörbare Klang von Menschen, die endlich wieder dringend wirklich daran rütteln wollten, so fest und so unnachgiebig wie sie nur irgendwie konnten.

Eine Menge Zuschauer des Negazione-Konzerts mottete am nächsten Tag die Lederjacken ein, schmiss die verschwitzten The Exploited-T-Shirts weg und hörte auf, sich die Haare zu spiken. Man befreite seine Füße von Armeestiefeln oder ähnlich schwerem Schuhwerk und hielt Ausschau nach Textilien, die sich als Stirnbänder eigneten. Gustav war einer davon.

Grenzerfahrungen

(im Mutterland der Popmusik I)

„If you meet your employer, make sure to kick his ass!"

Gustav schaute den englischen Immigration Officer verständnislos, aber so freundlich wie nur möglich an. Der hatte ihm schließlich durch das Beifahrerfenster gerade alle ihre Reisepässe zurückgegeben. Was darauf schließen ließ, dass nach über zwei Stunden Bewegung in die Sache gekommen war. Die hatten sie hier in Dover nach dem Verlassen der Fähre, die einen noch seekrank, die anderen angetrunken, damit verbracht mit eben diesem Immigration Officer zu verhandeln. „I called ahead so you're let through", meinte der Bedienstete seiner Majestät, händigte ihm noch sein Notizbuch aus. Das hatte ihm Gustav der Einfachheit halber überlassen, weil darin akribisch die Details bezüglich der Arbeitserlaubnis, die sie als Band für ihre Konzerte in England brauchten, aufgelistet waren. Von ihrem Freund Rich seinerseits Buchstabe für Buchstabe, Aktenzahl für Aktenzahl am Telefon durchgegeben, weil die Work-Permits am Postweg nicht mehr rechtzeitig in Österreich eingelangt wären, Osterfeiertage! Allein der Nachname der Londoner Sachbearbeiterin ließ Gustav kulturelle Unterschiede an sich und die koloniale Vergangenheit des Vereinigten Königreichs im speziellen in den tiefsten Schlund jeder denkbaren Hölle verwünschen. Rich musste der Employer sein, ihr Arbeitgeber, von dem der Mann in der seltsamen Uniform und mit dem überaus korrekten Auftreten gesprochen hatte, sowieso! Seinen Ass sollten sie dann wohl kicken, weil ihre Bezahlung so niedrig war. Dabei waren selbst die angegebenen 100 Pfund Gage pro Konzert eine reine Behauptung, wishful thinking. Ein Immigration-Officer auf Seite der Ausgebeuteten? Wer hätte das gedacht! Aber wir wollen das so, Officer, wir sind die fröhlichen Selbstausgebeuteten, eine Do It Yourself-Hardcore-Band, die das alles um der Musik, um der Sache willen macht. Das ist keine Arbeit, soll keine sein. Wir machen das gerne! Nicht unbedingt für eine bessere Welt, aber wenigstens um einige Teile dieser Welt und die sich darin bewegenden Menschen kennenzulernen, einen sehr speziellen Ausschnitt dieser Welt und die sehr speziellen Menschen darin. Selbst wenn diese Teile in Deutschland liegen oder Bradford heißen. Dort würden sie in einigen Tagen spielen. Dafür fuhren sie tausende Kilometer in einem gerade noch verkehrstauglichen Wiedergänger von einem fahrbaren Untersatz, aßen schlecht, tranken ein wenig besser und vor allem mehr, rollten sich dann in seltsam riechenden Schlafsäcken auf ungeheizten Fußböden zusammen und hatten dabei die Zeit ihres Lebens. Das gibt's für keine hundert britische Pfund zu kaufen, nirgendwo! Überhaupt für kein bedrucktes buntes Papier dieser Welt. Würden Sie das nicht auch tun wollen, wenn Sie nur könnten, Officer, Sir? Gustav kam nicht mehr dazu ihn zu fragen, denn dieser salutierte gerade knapp in ihre Richtung und bedeutete ihnen loszufahren. Was Pichler prompt tat, mit ihrem ausnahmsweise kooperierenden Bus. Ihre Band Stand To Demand hatte einen weiteren entscheidenden Schritt auf dem Weg zu ihrem ersten Konzert auf englischem Grund und Boden getan. Gekommen, um das Mutterland der Popmusik mit ihrem Lärm zu besudeln und für alle gewesene und künftige britische Pop-Arroganz Rache zu üben. Beware you fuckers! Gustav verteilte die Pässe, nickte knapp, als sie nach ein paar hundert Metern von stämmigen Männern mit Signaljacken und Arbeitshandschuhen beiläufig weitergewunken wurden – schade, euch und euren Bus hätten wir gerne zerlegt! – und blätterte durch sein Notizbuch. Der Officer hatte einen Zettel darin vergessen, auf dem er sich mit Bleistift Notizen gemacht hatte. Verschreiben hatte er sich, der englische Blitzgneißer. „Has lots of names, adresses and phonenubers in note book“ stand da in einer gestochen scharfen Handschrift. Eine Grenzerfahrung ihrer Band mehr, eine der absurderen. Gustav musste lachen, so wie beim Einchecken auf die Fähre, als die Frau am Schalter bemerkt hatte, dass sie eine Band sind und gefragt hatte „are you famous?“ Harald, ihr Schlagzeuger, beugte sich nach vorne und sagte in seinem besten Ebelsberger Englisch: „Not yet, but we're really big in Pichling!“

Big in Pichling, if only!

Während sich Pichler mit dem Linksfahren anzufreunden versuchte und sie roundabout after fucking roundabout mit zu wenigen Meilen pro Stunde vorwärts krochen, um ihr erstes Ziel Southampton zu erreichen, draußen eine öde, nassgraue und neblige Landschaft, in der außer vereinzelten Schafen wenig auszumachen war, dämmerte Gustav im Halbschlaf zurück in ihre kollektive Punkervergangenheit. „Goverment Stinks“ hatte Gerhard auf seine Lederjacke geschrieben, dabei riefen sie ihn ohnehin schon gerne „Schmutz“, weil den rechten Ärmel der Jacke der Name der britischen Anarchopunkband D.I.R.T. zierte, in einem wirklich schönen, kräftigen Rot. Immer wieder ging also einer von ihnen zum armen Gerhard, tippte ihn an, zeigte tadelnd auf die inhaltlich absolut korrekten Worte und sagte ganz langsam: „GoverNment stinks, Schmutz, GoverNment!“ Punk- und Nettsein wollten manchmal nicht zusammengehen. Das Bemalen oder Besprühen der Lederjacke, dieses Statussymbols jedes echten Punx, der etwas auf sich hielt, war ein paar Jahre lang eigentlich die einzige vernehmbare kreative Äußerung ihres Linzer Punkerhaufens. Parallel zum Verzieren mit Nieten, je länger und spitzer, desto besser, wurden diverse Bandnamen und verkürzte Versatzstücke der Punk-Ideologie oder das, was man dafür hielt, liebevoll auf das imageträchtige Kleidungsstück appliziert. Es gab Lederjacken, die gerieten so zu wahren Kunstwerken, ebenso würdig als Ausstellungsstück in einem Museum zu enden, wie es den Kleidungsstücken prominenterer britischer und deutscher Punker widerfahren sollte – aber wer wollte das schon? Jacken, wie lebendige

Abbilder der Identität und Persönlichkeit ihres Trägers und Schöpfers. Für Gustavs zwei Lederjacken galt das bedingt. Er schickte zwar pflichtschuldig die Regierung scheißen, verhöhnte Politiker und hohe kirchliche Würdenträger in deutlichen englischen Vokabeln, deren Schreibweise oft nicht ganz klar war, und machte sich zum Werbeträger für Bands, deren Musik er mitunter noch gar nicht gehört hatte. Scheiß doch drauf! Anti Pasti sind sicher extrem gut, bei dem tollen Bandnamen! Gustavs Problem war eine gewisse visuelle Unbekümmertheit und Unbedarftheit, die mit inhaltlicher Cleverness nicht aufzuwiegen war.

Immerhin, auf keiner seiner Lederjacken rief Gustav je dazu auf das System zu ficken. Am Rücken seiner Jacke wurde Schmutz etwa geradezu innovativ, er nutzte – fehlerfrei – die deutsche Sprache, mit Textzeilen der Hamburger Band Slime: *Wenn wir nur rumhängen/lahm und frustriert/und nicht endlich, endlich mal was passiert/dann können wir genauso unser Maul halten/und weitermachen, so wie unsere Alten*. Fast einen ganzen Abend lang starrte Gustav immer wieder diese Sätze an, unempfänglich für irgendetwas sonst, was sich in der Stadtwerkstatt um ihn herum ereignete. 1983, spätestens Anfang 1984, in Orwells großem Jahr, war ihre lokale Punkerei reichlich fad und öd geworden. Man hatte in allen Farben des Regenbogens gekotzt, man hatte genügend unangenehme Begegnungen mit „Normalos“, Proleten, Polizisten, Lehrern, Eltern, Verwandten, O-Bus- und Straßenbahn-Kontrolleuren hinter sich gebracht, man hatte seine punkige Würde bewahrt, so gut es eben ging, wenn wieder ein Kieberer den Schülerausweis sehen wollte, man hatte genug War-Stories gesammelt, die irgendwann irgendwelchen Enkeln zu erzählen gewesen wären, wenn es denn je zu solchen käme, aber …

Es gab wohl hie und da Bestrebungen und vollmundige Absichtserklärungen Bands zu gründen, aber nichts davon materialisierte sich tatsächlich je auf einer Bühne und das meiste klang im Proberaum im besten Fall nach so hartnäckigem wie grenzwertigem Materialtest. Der elektrische Strom fließt wirklich gut durch diesen Gitarrenverstärker! Einer hatte wenigstens ein Fanzine zusammengeschustert, ein zugereister Punk aus Berlin, das musste mit seinem anderen Background und seiner noch einmal anderen Energie zu tun haben. Ausflüge zu Konzerten nach Wien oder München machten große Lust darauf die eigene Musik zu eigenen Bedingungen in der eigenen Stadt zu erleben. Aber wie, wo?

D.O.A. aus Kanada hatten ihn in Wien geradezu geplättet, von der Fahrt mit dem Auto, dessen Kühlerhaube nicht wirklich zuging bis hin zu den ersten Metern auf dem Gelände der Arena, wo er beinahe in einen Irokesenpunk hineingelaufen wäre, der auf den Gehweg vor ihm urinierte. Gustav konnte nicht sagen, was ihn mehr beeindruckte, das beiläufige Urinieren oder die Größe des freigelegten Punkerpenis. Das ganze Gelände hatte das Flair eines beiläufigen Punk-Utopias, wenigstens für Gustav, es fühlte sich nach „uns" an. Und das Konzert erst! D.O.A. waren die erste 100%ige Punkband ganz ohne Punkeruniform, die er live sah, in Jeans, mit irgendwelchen Sportschuhen, Holzfällerhemden, die Haare irgendwie. Sie machten einen Sound, der ihm ab dem ersten Takt durch und durch ging, der ihn abholte und mitnahm, der ganz präzise definiert war und doch so viele Fragen stellte, so viel Möglichkeiten aufmachte. Schneller, dringlicher und inspirierter als der ganze Deutschpunk und die vielen britischen Zweit- oder Drittgenerationskombos, die ihrer aller Lederjacken zierten und deren Musik sie alle so leidenschaftlich hörten. Kein „We Fight Zurück", wie Tommy und er die englischen Blitz phonetisch missverstanden hatten, die eigentlich „We Fight To Live" sangen, kein mitgröltaugliches „sind so kleine Biere" von deutschen Straßenpunx, die gerne täglich Terror veranstaltet hätten und bei denen in einem anderen Lied über die Solidarität mit den Palästinensern der Antisemitismus einfach so wieder „hallo!" sagte. Haltungsunschärfen, die einem viel britischen Oi!-Punk verleiden konnten, wenn man es schaffte, bei all dem geilen Krach, den Mitgröl-Refrains, den rauen, unverstellten Vocals das Hirn dann doch noch anzuknipsen. Das ganze vermeintlich Unpolitische, der ultramännliche Machismo dieser dann Eben-nicht-Nazi-Skins, der ihm schon ganz ohne faschistisches British Movement oder organisiertes deutsches Neo-Nazitum grenzenlos auf die Nerven ging. Clean living under different circumstances? Eine Pro-Hygiene-Bewegung als Jugendkultur? Darum kamen also so viele der Skinheads, die dann in Linz auftauchten, aus dem umliegenden Land. Endlich Stadt, endlich Seife! Komm, schau nicht so grimmig mit deiner geballten Faust und gib mir lieber einen Zungenkuss, mein harter Skinhead-Bub! So wie du angezogen bist – stehst du auf S/M und klare Rollen, schlägst du oder wirst du geschlagen, du mit deiner süßen Frisur? Was, du willst einfach nur schmusen?

Doch nicht nur Gustav hatte eine zeitlang die Lederjacke gegen eine Bomberjacke getauscht, die Militärstiefeln gegen die schwer zu beschaffenden Doc Martens. Einzig die Schuhe hielten länger, weil sie einfach praktisch und kaum umzubringen waren. Gustav kokettierte gerne mit der Gründung einer Oi!-Band, er phantasierte vom szeneinternen Smash-Hit „Rot-Weiß-Rot bis in den Tod", visionierte voller pathetischer Ergriffenheit vorgebrachte Bühnenansagen. „Das nächste Lied ist für alle wahren Rebellen wie Andreas Hofer und Stefan Fadinger. Für die amerikanischen Südstaatler und unsere frei denkenden muslimischen Brüder in den Bergen von Afghanistan, die mit dem Koran in der Hand die Kommunistenschweine bekämpfen. Und alle aufrechten Kärntner". Das Lied hieß „Mein Jörg muss her." Wahrscheinlich hätte er davon mehr verkauft und mehr Erfolg damit gehabt, als mit allem, was er je ernst meinte und seinen tatsächlichen Überzeugungen entsprach. Aber mit dem Entsetzen treibt man dann doch keinen Scherz, gerade wenn dieses Entsetzen erschreckend nahe bei einem selbst wohnt, in einem selbst. Viel war Pichler zu verdanken, der sie alle energisch darauf hingewiesen hatte, was für einen Wahnsinn die Böhsen Onkelz sangen, deren erste LP sich in ihren Kreisen großer Beliebtheit erfreute. „Wegen der geilen Musik." Gustav hatte schließlich die Platte zerbrochen und als kleines antifaschistisches Mahnmal an seine Zimmerwand genagelt, neben der ebenfalls zerbrochenen Last Resort-Platte, „Skinhead Anthems". Archivieren wäre gescheiter gewesen und dann als die Kultobjekte, zu denen diese grottenschlechten Platten rasch wurden – was nicht zu kriegen ist, fasziniert immer – sauteuer verkaufen. 15 Prozent des Erlöses an den antifaschistischen Widerstand, 35 Prozent in den persönlichen Hedonismusfonds und 50 Prozent für die Kinder und die Enkel.

Eine Band wie D.O.A. und ihre unbändige Energie, ihre Klarheit schaffenden Rundumschläge im Konzert und auf Platte vertrieben solche verwirrten und verwirrenden, nicht nur politisch konfusen Gedanken. Es passte schon, wenn sie in einem Fanzine als The Clash auf Speed beschrieben wurden. Auf verdammt erstklassigem Speed! Vor der Bühne in der Arena bewegte sich Gustav gerade soviel, dass er gleichzeitig ganz ruhig und ungefiltert alles aufnehmen konnte, was diese Band da entlud, diese unbehauenen Emotionen, die Raserei der blitzkriegartigen Songs, die Intelligenz und Sensibilität dieser Musik. „I'm Right You're Wrong!" Was für ein Songtitel, was für ein Lied, die Basstrommel am Beginn wie ein Countdown, der herunterzählt, während du dir überlegst, wie und wann du die ganzen Blödiane endlich davon in Kenntnis setzt, dass du ihr Spiel nicht länger mitspielst. „Talk – Action = Zero" stand auf „War On 45", ihrem definitiven Vinyl-Statement zu lesen. Eine Grundrechenart, die sich Gustav zu Herzen nahm und deren Essenz in ihm rumorte, jedes Mal, wenn er diese 8-Song-Granate auflegte, die mühelos das Persönliche und das Politische zusammenrockte, als gäbe es kein Morgen, außer wir schaffen es uns neu. Es war diese Band aus Vancouver, die mit dem Album „Hardcore '81", einer Bewegung, einem Musikstil den Namen gab, der einen breiten Ideenfundus bündelte und kommunizierte. Hardcore. Nach Punk und aus Punk heraus. Eine Klarheit, ein Aufbruch, der viele Menschen nachhaltig bewegte, der sie kickte, der „Action“ zum neuen subkulturellen Gebot der Stunde machte. Der einen glorreichen, einen widersprüchlichen, einen naiven, einen manchmal blinden, aber immer befreienden, Dinge verändernden Aktionismus antriggerte. In den USA, wo D.O.A. wie Black Flag, die anderen großen HC-Pioniere unermüdlich tourten, in jedem Scheißkaff wie Shithole, Texas spielten und dann wie ein Virus um sich greifend in besetzten Häusern, in autonomen Zentren, in Jugendzentren in Europa. In Italien, in Deutschland, in Holland, in England, in Belgien, in Spanien, in der Schweiz, sogar in Österreich, in Linz, in Wien. D.O.A. waren ein paar Jahre ganz vorne bei dieser Geschichte. Und sie hatten diesen grenzenlos geilen Sound, ihr Theme-Song brauchte nicht einmal 1 Minute und 40 Sekunden, um alles klar zu machen. „You’re no D.O.A.“, „du bist nicht tot, wenn du ankommst“, die Minutemen, eine andere brillante Ami-Kombo formulierte das Ganze ohne den Umweg über Krankenhaus und Leichenhalle. *Being born is power.*

„Nein, du bist nicht tot, aber fast. Dieses Scheiß-Linksfahren!“ Gustav musste im Halbschlaf vor sich hin gesungen haben. Andreas, ihr Gitarrist, der das Steuer übernommen hatte während er weggedämmert war, schüttelte ihn. „Wach auf, wir sind da, Southampton!“

The Year The Nines Clash

„Two Sevens Clash" heißt das Debütalbum der jamaikanischen Reggaeband Culture, erschienen 1977. Das Jahr, in dem Punk nicht nur in England volle Fahrt aufnahm. Im August 1999, einem Jahr mit zwei Neunern, 22 Jahre nach dem Höhepunkt der punkigen Kulturrevolution spielte Joe Strummer von The Clash wieder in Österreich, das dritte und letzte Mal in seiner Karriere. Zweimal hatte er mit den Clash in Wien gespielt, ein sagenumwobenes frühes Konzert und einmal in der Stadthalle, nach dem Erscheinen von „London Calling". In die globale Clash-Folklore eingegangen, weil das österreichische Fernsehen einen Beitrag über die Band und das Konzert produzierte. Als „Ohne Maulkorbe" findet sich die Jugendsendung in einer Bandbiographie verewigt, der Beitrag selbst zeigt einen von Fragesteller Rudi Dolezal sichtlich genervten Strummer. Ein Menschenkenner.

Strummer kam mit seiner neuen Band, den Mescaleros nach Wiesen, ins Burgenland, für ihn als Londoner nicht nur phonetisch ganz nah bei Wien. Als sie „London Calling“ spielten, gab es gleich zwei Namechecks für „Vienna“. Im sogenannten „Erdbeerland“ liegt jenes Festivalgelände, das lange Jahre in Österreich fast ein Monopol auf Konzerte mit Alternativeinschlag für ein größeres Publikum innehatte. Von den vielleicht 8000 Menschen, die das Gelände fasste, fand ein Großteil Platz unter einem Zeltdach, das Bühne und Hauptpublikumsraum vor Regen und Unwetter schütze. Wiesen genoss das Image eines Festivals mit menschlichem Antlitz, eben nicht zu groß und gerade noch überschaubar, keine ganz große Massensause, von denen Konzertsommer bei den deutschen und europäischen Nachbarn dominiert wurden. Gustav war in heller Aufregung, die Möglichkeit eines Interviews mit seinem großen Helden Strummer in Wiesen schien sehr konkret, seit Wochen kommunizierte er deswegen mit einer Vertreterin der Plattenfirma, die Strummers jüngstes Album, sein erstes seit Ewigkeiten veröffentlicht hatte. Das spielte Gustav zuhause und im Büro der regelmäßig unregelmäßig erscheinenden Musikzeitung Camden Chronicle, wo zusätzlich die organisatorischen Fäden des Camden Musicplace, eines Musiklokals mit Livekonzerten und täglichem DJ-Betrieb zusammenliefen, auf und ab. Auf einem der beiden Rechner im Büro war mit Tixo ein Zeitungsausschnitt geklebt. „Wer mit Dreißig noch Fan ist, hat ein Problem“. Gustav war zwar der jüngste im Büro, aber die Dreißig hatte selbst er schon eine Weile überschritten. Durch sein jahrelanges Umrühren in der heimischen Musikszene hatte Gustav eine Menge Menschen in Wien kennengelernt. Arena, WUK, Flex, alt und neu, sowie Szene Wien hatte er selbst bespielt. Das Wiener Rockhaus stand nie zur Debatte, es gibt zum Glück Grenzen. Im Camden, niemand sagte Camden Musicplace, hatten sie eines ihrer ersten Auswärtskonzerte bestritten, gerade als sie sich von Die Skiträger in Stand To Demand umbenannten, um ihrer neu gefundenen inhaltlichen und musikalischen Ernsthaftigkeit Ausdruck zu verleihen. Was der Ankündigungstext auf dem Flugzettel für eines der ersten Konzerte im Camden unterlief. Weil er ihrer neuen selbst gewählten stilistischen Zuordnung „Hardcore" misstraute, vor allem deren Zugkraft beim zu mobilisierenden Wiener Punkpublikum, fügte Othmar, der Betreiber des Camden, ein unverdächtiges „Ramones-Fans" hinzu. Sowieso, ein Gütesiegel. Bei diesem Konzert, das wenig später eine Zweitauflage erfuhr, ergab sich, dass Gustav als Linzkorrespondent für den Camden Chronicle einstieg und Wichtigkeiten aus der lokalen Szene verkündete, die er natürlich brühheiß mitbekam.

90, 91 begann sich in Linz eine gewisse Endzeitstimmung breit zu machen begann. Für Gustav persönlich sowieso, mit einer gescheiterten Beziehung samt kleinem Sohn, parallel dazu fiel die ganze jahrelang blühende und aufregende Band- und Musikszene um Kapu und die Stadtwerkstatt mehr oder minder in sich zusammen. Gustav überlegte erstmal nach Wien zu übersiedeln. Wien war nämlich tatsächlich anders, wenigstens für ihn. Weil er dort zwar in einem bestimmten Umfeld einen gewissen Status oder Startvorteil hatte, gleichzeitig aber nicht fast alle Menschen, denen er begegnete, wie in der Kleinstadt Linz unweigerlich zu wissen glaubten wer er war, wie er was und was er wie warum tat. „Ich geh' nach Wien" wurde sein automatisierter Stehsatz dieser Jahre, die Gustav wie unter einer seltsamen emotionalen Narkose verbrachte, unfähig sich aus seinem Selbstmitleid zu befreien oder über kurz anhaltende manische Schübe hinaus irgend etwas längerfristig ernsthaft oder konsequent anzufangen. Gustav ließ sich treiben, arbeitete, trank, meistens in der Bar Bastard, fuhr betrunken mit dem Taxi in sein nach der Trennung bezogenes Übergangszimmer in Haralds Wohnung. Wachte viel zu spät auf, hetzte zur Arbeit bei Xhituluh, wo er zwar im Grunde Narrenfreiheit genoss, aber dennoch wenigstens gelegentliche Anwesenheit vor 13 Uhr kein Fehler gewesen wäre. Dass er oft so out of it war, dass es eine weitere Stunde dauerte, bis er einen halbwegs klaren Gedanken fassen konnte oder Gustav in der Lage war ein Telefonat in einer Art und Weise zu führen, die dem Gegenüber zumindest eine Chance ließ zu erkennen, was er eigentlich wollte, blieb den geduldigen Kollegen und Kolleginnen nicht verborgen. Wenn es ganz schlimm war übernahm er das Zusammenstellen der Bestellungen, das konnte er in fast jedem Zustand und es half ihm dabei sich wieder zu sammeln, die gewünschten Platten und CDs aus den Regalen zu ziehen und so wenigstens einen kleinen Sinn für eine Wirklichkeit zu entwickeln, die ihm zusehends entglitt. Platte bestellt, Platte geliefert, Platte nicht da, in Evidenz genommen. Wenn es immer so einfach wäre! Wo ist denn bitte das Bestellformular „Leben"? Er ließ sich die Haare wachsen und einen Vollbart stehen, die Antithese zum Hardcore-Look der vergangenen

Jahre und hervorragend geeignet, sich dahinter zu verstecken, während er sich immer wieder an noch einem Bier mehr festhielt. „Na, na mir geht's gut und überhaupt geh i sowieso bald nach Wien", wimmelte er ab, falls doch wer fragte. Sein Kontakt zu seinem Sohn Julian war bestenfalls erratisch, spielte sich meistens im Beisein von Gustavs Mutter und in der Wohnung seiner Eltern ab. Erst später, als er eine viel zu teuer gemietete eigene Bleibe bezog, besserte sich das ein wenig, fing er langsam an, sich ganz on his own mit Julian auseinanderzusetzen, der ein entzückendes und völlig unkompliziertes Kind war, das seinem Vater dessen Fehler viel selbstverständlicher nachsah, als dieser das je selbst vermochte. Als Julian ein wenig älter war und sprechen konnte, riss er Gustav mit der Frage, ob es denn stimmt, dass er ihn nie gewickelt hatte, schon ein wenig das Herz heraus. Gustav, selten auf den Mund gefallen, verlor bei dieser Gelegenheit tatsächlich die Sprache. Nicht nur eine, sondern gleich alle, die er je beherrscht hatte oder je beherrschen würde. Die Musik, die er in diesen Jahren machte, ließ ihn selbst seltsam unberührt, hatte etwas von einer Pflichtübung, die ein Mensch absolvierte, der generell auf Stand By-Modus lief, kratzte nicht einmal annähernd an den Dingen, die zu berühren wichtig gewesen wären. Eine Imitation von Leidenschaft. Verstecken spielen. Ablenken. Da der Tonträgervertrieb, für den er arbeitete, ein Wiener Büro einrichtete, kam der Plan auf, dass Gustav dieses Büro für auf ihr Vertriebsrepertoire bezogene Medienarbeit nutzen sollte. In der Stadt, in der die überschaubaren Medien des Landes zu Hause waren, was zu gehäuften Wienaufenthalten Gustavs führte. Gustav legte diese meist recht beschaulich an, hauptsächlich kultivierte er eine reichlich verworrene Nicht-Ganz-Liebesbeziehung, nahm daneben wohl den einen oder anderen Termin wahr und sah sich leidenschaftlich eine Unmenge von Konzerten jener Bands an, deren Tonträger sie vertrieben. „Hello, I'm working for your distribution, where's your fridge?" Was nicht selten damit endete, die Bands dann noch ins Camden zu schleppen, sein Taxi ging auf Spesen. Dort wurden Musiker gerne mit Freigetränken hofiert. Nachhaltig hofiert.

Manchmal schien es Gustav so, dass andere Menschen so etwas wie ein Leben haben mochten, er hingegen konnte auf eine ständig wachsende Liste von Konzerten zurückblicken, deren Besuch als sein Leben diente, bis ihm etwas Besseres einfiel. Der Bibliothekar in ihm dokumentierte diese Konzerte minutiös, Datum, Jahreszahl, Band(s), Spielort. Also konnte er selbst in Zeiten wachsender persönlicher Orientierungslosigkeit nachlesen, dass er am 20. Oktober 1993 Urge Overkill gesehen hatte, mit der Vorband The Muffs, in der Wiener Arena. Er wusste nicht, wer er war, aber er wusste genau, wo das, was er nicht war, sich aufgehalten hatte. Eine Information, die in ihm im konkreten Fall außerdem eine vage Erinnerung daran aufkommen ließ, dass er danach mit Teilen von Urge Overkill im Schlepptau zu einer Party gefahren war, die mit dem Film „The Bands" zu tun hatte. Ein Film, mit dem sich die „Weana Bazi", die gerade neu entdeckten, dass lokal Musik gemacht werden konnte, erst wieder nur wichtigmachen wollen. Meinte der überzeugte Linzer Gustav lapidar, gehässig und nicht ohne Vorurteile zu einem Film, den er natürlich gar nicht gesehen hatte. Der Abend endete damit, dass die Frau, mit der Gustav gerne ins Bett gegangen wäre, mit einem von Urge Overkill abzog. Sowieso, der Rockstar-Bonus. War nicht auch er ein Rockstar, sort of?

Mehr und mehr wurde Wien sein Bezugsrahmen, Andreas und Pichler lebten hier, viele andere Freunde und Freundinnen hatten längst Studium, die Liebe oder beides in die Hauptstadt verschlagen, wo die Halbe Krügerl hieß und eindeutig mehr Straßenbahnen als nur die Linien 1 und 3 fuhren. Selbst sein kleiner Bruder Karl hatte es vor ihm geschafft nach Wien zu übersiedeln. Um ausgerechnet Theologie zu studieren, was er aber schnell wieder bleiben ließ.

In Linz hielt Gustav doch wirklich nichts mehr, außer der Umstand, dass alles an und in seinem Unglück dort so schön vertraut und überschaubar war wie die Stadt selbst. Und dann halt doch noch sein Sohn. Aber wenn nichts mehr von Gustav überblieb, dann war da ebenso nichts mehr weiter für Julian übrig. Sein Vater hatte sich leider in Linz selbst und konsequent von jedwedem nennenswerten Leben verabschiedet, die verbliebene leere körperliche Hülle besuchte ihn gerne einmal die Woche zu gemeinsamer schweigender Betroffenheit. Vielleicht brachte sie an guten Tagen sogar eine Rassel mit oder andere Spielzeuge, mit der sorgfältig verpackten Erinnerung an ein Lachen oder eine Ahnung davon.

Bei einem beruflich abgerechneten, wie immer eigentlich privat motivierten Wienbesuch kam es dann knüppeldick, zum Glück. „Du hast doch gesagt, du suchst einen Job", sagte Othmar, als Gustav vom Gastgarten des am Gürtel gelegenen neuen Camden schnell in die Bar ging. Um Drinks zu holen für sich und den Musiker, mit dem er den einen beruflichen

Termin abwickelte, der diesmal die Legitimation für die Spesenabrechnung lieferte. „Ja“, sagte Gustav eher zögernd und leicht perplex, hatte ihm doch der Musiker draußen gerade nach der Einleitung „du willst doch nach Wien ziehen“ offenbart, dass seine Freundin eine günstige Wohnung zu vermieten hätte. Manchmal kannst du dich einfach nicht länger wehren und wenn du dich selber nicht bewegst, wirst du halt bewegt. Drei Wochen später erschien er zum Dienstantritt im Camden-Büro, von Othmar zum Einstand stolz mit über tausend Visitenkarten konfrontiert, auf denen seine neue Berufsbezeichnung „Büro-Koordinator“ zu lesen stand. Noch Jahre später fragte er sich, was das eigentlich genau sein sollte. „Büro, hallo, könntest du bitte etwas kooperativer sein, ich als dein Koordinator bitte dich jetzt wirklich in aller Entschiedenheit!“

Wien war das Beste, was ihm passieren hätte können, und im gesegneten Alter von 28 erfuhr Gustav das Glück, sich in einer im Ansatz vertrauten, sich immer wieder neu offenbarenden Stadt noch einmal selbst neu erleben und erfinden zu können, was verdammt intensiv und geil war. Dazu gelang ihm das Kunststück über die Distanz Wien – Linz hinweg seinem Sohn näher zu kommen und ihn näher heran zu lassen, als ihm das je geglückt war, als sie noch unter dem selben Dach lebten. Das mit der Liebe haute auch hin, nicht völlig kurioserweise mit einer Frau, die selbst aus Linz stammte, man bleibt halt schon gerne verbunden. Jetzt noch Strummer live, dabei dämmerte antizyklisch zum persönlichen Glück schon wieder eine ganze Menge Unheil herauf. Die Nationalratswahlen im Oktober des Jahres warfen ihre

Schatten voraus und die würden mit ihrem schwarz-blauen Regierungsausgang ganz viel und ganz lange im Land mit dem A ins Dunkel tauchen, vielleicht sogar in eines, von dem sich das Land nie wieder so recht erholen würde.

Strummer an diesem Nachmittag im August war eine Lichtgestalt, wie sie zwar zu vermuten und erhoffen, aber nicht tatsächlich zu erwarten gewesen war. Die Hamburger Tocotronic, gemäß britischer Musikbusiness-Hackordnung unweigerlich nach dem zu diesem Zeitpunkt, mit Verlaub, Have-Been Strummer gereiht, bewiesen Anstand und spielten vor dem punkerprobten Volkstribun und seiner neuen Bande, bestehend aus nicht mehr ganz jungen Männern mit erheblicher Brit-Pop-Credibility. Die zogen dann alle Register britischen Pop-Entertainments, gesegnet mit einem Repertoire, das zu Hälfte aus Songs der größten Band aller Zeiten, der einzigen, die wirklich zählte, The Clash bestand, zur anderen Hälfte aus neuen Liedern von der exzellenten neuen Platte eines Mannes, der sich eigentlich auf seinem Ikonenstatus ausruhen hätte können, und für die Kunst-Superstar und Strummer-Kumpel Damien Hirst das Cover gemacht hatte. „Old Teeth" Strummer, wie er selber über sich sagte, erzählte Gustav und Othmar nachher im Backstage-Container, dass er den Busfahrer entscheiden ließ, welche Clash-Songs in das Set kamen. Der Fahrer bewies dabei große Geschmackssicherheit, Kilometer um Kilometer on the road, die Hand am Steuer führen halt vielleicht doch zur Weisheit. Das unvermeidliche „London Calling" war zu hören, ebenso wie „Rock The Casbah", wer solche Hits hatte, muss sie auch spielen, no matter what. Eröffnet wurde mit „Brand New Cadillac", bei

„I Fought The Law“ und „Tommy Gun“ hintereinander durfte sich Gustav der ewigen Glückseligkeit schon ganz nahe wähnen, das Allergrößte war dann „White Man In Hammersmith Palais“, einer dieser Songs, der zwingend dafür spricht, dass sich die ganze Chose mit der Menschheit und dem ganzen Rest vielleicht doch irgendwie, irgendwann lohnt. Ganz groß noch „Yalla Yalla“, einer von den neuen Songs. Strummer, mit seiner Frau und Stieftochter auf Tournee, eine Woche vor seinem 47. Geburtstag, machte sich noch einmal und gleich wieder ganz auf: *So long liberty, let's forget you didn't show, not in my time or in our sons and daughters time*. Aber da sang kein alter und verbitterter Mann, der Mensch da oben war nicht gefangen in einem Früher, in dem einmal alles besser gewesen wäre. Gleich der erste neue Song des Konzerts sagte „Diggin The New“, mag das Neue, scheiß' dich nicht an vor der Veränderung. Nur so kannst du in dieser Welt leben. War es am Anfang des Konzerts easy gewesen, mühelos bis ganz nach vorne durchzumarschieren fast bis in die erste Reihe, wie Othmar der alte Fuchs prophezeit hatte, – „die kennen ihn doch nicht mehr, die Jungen“ – war beim abschließenden „Bankrobber“ das Zelt bis hinten ganz dicht gefüllt und alle generationenübergreifend komplett am Auszucken. So wie sich das eben gehört in einem Sommer, in dem Joe Strummer kommt. Einen Joe Strummer fragst du dann beim Interview im Grunde nichts, du hörst ihm so wie Gustav einfach nur zu. Othmar und er unterhielten sich über die englische Country Side und lokale Cidermarken. Als ein Fotograf in den Backstage-Container kam, sprang Strummer auf, Arme um Gustav und Othmar gelegt, die gute Gesichtshälfte zur Kamera gedreht, rief „come on!". Rausgerannt, kurz Offspring geschaut, zurückgekommen, „they're allright." Strummers Vater war eben nicht Bankräuber, sondern im diplomatischen Dienst. Die grüne Clash mit dem Meki-Preispickerl hat er Gustav gerne unterschrieben. „To Gustav … Joe Strummer, 1999!" Das „1999!" hat er dick unterstrichen. Damals, im Sommer als Joe Strummer kam.

In It For Life

(im mutterland der popmusik ii)

„Yeah, I remember that show, the promoter ripped us off pretty bad."

Gustav hatte Joey „Shithead" Keighley, Sänger und Gitarrist der kanadischen D.O.A. erzählt, wie sehr ihn das Konzert von dessen Band 1983 in Wien gekickt hatte. Sieben Jahre später waren Shithead und er backstage im Working's Men Club in Newcastle, Wales. In wenigen Minuten würden die Cowboy Killers, die erste Band des Abends auf der Bühne stehen, dann waren Stand To Demand an der Reihe, der vorletzte Gig ihrer UK-Tour. Auf Shitheads unsentimentale Erinnerung an den für Gustav so legendären Wiener Gig hätte er als Rock'n'Roll-Gläubiger gerne verzichten können. Seine Halluzinationen von der weltverändernden Kraft der Musik, ihrer alle Widerstände transzendierenden Magie mit einem

Satz auf den nackten, harten Boden der Tatsachen zurückgeholt. Aber wer wollte Joey Shithead schon böse sein? D.O.A. hatten ihnen wie selbstverständlich bedeutet, sich backstage bei ihrem Essen und ihrem Bier zu bedienen. Eine Premiere bei ihren Konzerten auf der Insel, wo Geld und die Kosten-Nutzen Rechnung in der Subkultur ein ebenso strenges Regiment führten wie Margaret Thatcher im ganzen von der Poll Tax geschüttelten Land. Bislang war bei den Konzerten, die sie gespielt hatten, die mehr als großzügige Rundumversorgung mit Bier, Wein, Softdrinks und Schnaps die Regel gewesen, dazu oft liebevoll gekochtes Essen. Standard bei den meisten ihrer Gigs in Deutschland, wo die Strukturen für Hardcore- und Punkbands wie Stand To Demand extrem gut entwickelt waren, denn eine Menge deutscher Mittelklassekids hatte Hardcore für sich entdeckt. In England gab es solchen Luxus für eine Band erst ab einer gewissen Größenordnung. Dann, wenn der Veranstalter dich für zugkräftig genug hielt, dass es sich lohnte, deinen technischen und deinen Catering-Rider zu erfüllen. Oder du eine Booking-Agentur hast, die eben das durchsetzen konnte. Und eine vernünftige Gage.

Stand To Demand wurden nicht für so eine Band gehalten und hatten weder einen Rider, noch eine Booking-Agentur. Gebucht wurden die Konzerte selbst, dafür waren die kostenlosen Telefonleitungen von Gustavs Brotjob gut und die leeren, unbeobachteten Bürostunden, wenn seine Kollegin, eine Halbtagskraft, heimgegangen war.

Auf ihrem Weg nach England hatten sie schon zwei Konzerte gespielt, eines in Augsburg und das zweite spontan in der Nähe von Nürnberg. Sie hatten eine befreundete Band angerufen, sie wären in der Gegend und ob … Und ob wurde schlagend und so gaben sie die unangekündigte Vorband bei deren Konzert. Immerhin war der Verantwortliche im dortigen Kulturzentrum so nett, ihnen Pizza zu bestellen. Eine x-beliebige Zustell-Pizza, die aber dem, was D.O.A. hier aufgetischt wurde, eindeutig vorzuziehen war. Überhaupt Essen! Rich hatte sie in ein vegetarisches Lokal geschleppt und Gustav hatte bei dem, was er vorgesetzt bekam, den Eindruck der Koch war schnell in den Garten gelaufen, hatte einen zugegeben eindrucksvoll großen Grasziegel ausgeschnitten, im Ofen warm gemacht und mit einer undefinierbaren Sauce übergossen. Hey, Pichler, koste mal mein überbackenes Gebüsch! Selbst die Veggie-Burger im 1in12-Club, einem der wenigen selbstverwalteten Kulturzentren in England, im trostlosen und grauen Bradford gelegen, von denen Rich im Vorfeld so geschwärmt hatte, begeisterten Gustav nur bedingt. Der Fleischesser in ihm war einfach zu stark. Beim Herumgehen durch die englischen Städte oder Ortschaften, in denen sie spielten und während des einmaligen Besuchs eines englischen Supermarkts in Manchester wunderte sich Gustav allerdings nicht länger, dass so viele Punx hier im Vereinigten Königreich Vegetarier oder Veganer waren. Das Fleisch war dermaßen ekelerregend präsentiert gewesen, dass der vor die Wahl gestellt doch wieder dem Grasziegel den Vorzug geben würde. Im Schaufenster eines Fleischhauers in Brighton war das Fleisch diverser toter Tiere durch die unglücklich gewählte Tönung der Fensterscheibe regelrecht grün erschienen. Als Gustav das sah, konnte er als Sci-Fi-Nerd nicht anders, er musste laut und agitiert herumschreien. „Soilent

Grün ist Menschenfleisch! Soilent Grün ist Menschenfleisch!" Die Passanten, Rich und seine Bandmitglieder runzelten die Stirn, nur sein kleiner Bruder Karl, der in London zu ihnen gestoßen war, konnte den Connect zum Roman und dem Film „Jahr 2022 … die überleben wollen" nachvollziehen. Eine brüderlich geteilte Trash-Bibliothek ist eben dicker als Wasser und Blut. Shane von den Pogues hatte ihn vor Jahren in der Blue Box wissen lassen, dass er kein Fleisch isst. „It's a personal choice", hatte der Mann genuschelt, dem ein gesunder Lebensstil nur bedingt nachzusagen war. Fair enough und es schadete sicher nicht, sich einmal zu überlegen, warum man wie viel Fleisch und Wurst in sich hineinstopfte. Warum für die Großmütter und Großväter ein gescheites, „richtiges" Essen immer und automatisch etwas mit totem zwei- oder vierbeinigem Tier zu tun hatte, außer freitags, da durfte es zu Lebzeiten gerne auch herumgeschwommen sein. Es sind nämlich der Krieg und das Katholische, die deinen Mittagstisch gedeckt haben, du Freigeist! Als teils militanter Vegetarismus und Veganismus in Hardcore-Kreisen auftauchte, sorgte das bei Gustav und seinen Freunden weniger für fundierte Diskussionen als für einen wachsenden Anekdotenschatz, der sich das Thema Ernährung einverleibte. Etwas als Helmut, der Gitarrist der anderen Linzer Hardcore-Band Fall Or Deliver, bei einem gemeinsamen Konzert mit den Worten „a Wurstsemmerl oder i spü ned" seine fundamentale Kritik am fleischlosen Catering eines Jugendzentrums geäußert hatte. So weit wie jene Bostoner Bands, die ihren Tourmanager mitten in der Nacht auf den Straßen einer deutschen Kleinstadt mit dem improvisierten Chor „We want meat, we want meat" zur Verzweiflung trieben, wäre allerdings selbst Helmut nicht gegangen. Wahrscheinlich.

Es nutze alles nichts, Gustav hatte Hunger und gleichzeitig war ihm schlecht. Wahrscheinlich lag das aber einfach daran, dass Gustav fremdelte as fuck, durch und durch, seit sie die Fähre verlassen hatten. In seiner Band war ein Spalt, die Gitarre und den Bass, seine Freunde, die sie bedienten und ihre Instrumente konnte kein Stimmgerät der Welt jemals wieder in Einklang bringen. Gustav empfand das Spielen in England, diesen ganzen absurden, anstrengenden Trip als zunehmend trostlos und deprimierend. Wie das Provinznest, dessen Namen er schon wieder verdrängt hatte. Wo die Veranstalter die selbstgezimmerten Bühnenelemente auf der Hinterseite des Pubs, in dem das Konzert stattfand, gelagert hatten, um sie in den kleinen Allzwecksaal neben dem Gastraum zu schleppen und aufzubauen, windschief und wellig vom nur mit einer fadenscheinigen Plane geschützten Lagern in Wind und Wetter. Wo sie, die österreichischen Punx und Karl, der für seinen England-Trip, diese etwas andere Sprachreise mit der Band seines Bruders, sogar schulfrei bekommen hatte, sich glänzend mit den älteren, „normalen" einheimischen Pubbesuchern verstanden hatten, beim Billard und beim Trinken bis in die frühen Morgenstunden. „How could you even talk to them?", hatte ihr Gastgeber später vorwurfsvoll gefragt, in seiner völlig verkommenen winzigen Wohnung, in der man sich kaum umdrehen konnte, auf seinem sicher ultrabilligen Fußboden, der unsäglich kratzte und vermutlich Krebs erregte. Seit fünf Jahren arbeitslos, der Typ, keinerlei Aussicht auf Veränderung, das bisschen Geld, das er bekam ging für Rauchen und blind machenden Alkohol drauf, die Augen kriegte er jetzt schon kaum mehr richtig auf. Der Ort war so verödet, dass selbst ihr Konzert ein gesellschaftliches Ereignis war, ein paar versprengte Punx waren da, ein Haufen anderer Jugendlicher, Familien mit Kindern, herausgeputzte und aufgetakelte mittelalterliche Paare.

Die Straight Edge-Band, die vor ihnen spielte war eine weitere Absurdität. Gustav liebte den Pathos von 17-jährigen, die einem erklärten, dass sie „in it for life“ wären, was immer sie mit „it“ meinten. „In it for life“ wurde zum geflügelten Wort der Tour, etwa wenn sie schon wieder Fish & Chips mampften, schon nach wenigen Tagen in der Lage, die beträchtlichen lokalen Unterschiede in der Zubereitung dieser englischen Köstlichkeit kenntnisreich zu diskutieren. „Fish & Chips?“ „I'm in it for life!“ Ein weiterer Stehsatz wurde „we just brush our teeth than we fuck off“, der jeden ihrer zahlreichen Aufbrüche begleitete. Skinheads liebten Seife, Hardcores mochten – extreme – Zahnpflege.

Der 17-jährige Jüngling am Gesangsmikrophon der Straight Edger würde in ein paar Jahren mit Sicherheit alles trinken, was er in die Hände kriegen konnte und sich alle Drogen einpfeifen, die verfügbar waren. Außer er schaffte es, was ihm zu wünschen war, seinen Arsch aus diesem Kaff wegzubewegen. Away from it for life.

Gustav fand es zunehmend daneben, ja, komplett irrelevant und völlig unerheblich, ihre Musik, die er mit jeder Faser seines Wesens liebte, die er natürlich gut und brennend wichtig fand, Menschen vorzuspielen, die mit wenigen Ausnahmen kein wirkliches Interesse daran hatten. Die, seien wir uns ehrlich, einen Sound wie den ihren schon besser, originteller und innovativer gehört hatten. Mit genauer gespielt und ideenreicher arrangiert wollte er gar nicht erst anfangen. Logisch kränkte es ihn trotzdem, dass der Kerl, der bei ihrem ersten englischen Gig im 1in12 die ganze Zeit in Sichtweite der Bühne gelesen hatte, der Herausgeber des wichtigsten und meistgelesenen Fanzines in England war, fast schon eine UK Hardcore-Bibel. Aber scheiß doch auf Bibeln! Danbert Nonbacon von Chumbawamba hatte sich wenigstens nur mit seiner weiblichen Begleitung unterhalten und die Höflichkeit besessen, kurz in Richtung Bühne zu schauen, wenn sie wieder einen ihrer kurzen, heftigen Songs beendeten. Die Crusties mit den weit in den Luftraum ragenden kunstfertigen Irokesenfrisuren, die mit dem Rücken zu ihnen auf der Bühne saßen, grunzten zustimmend, wenn wieder ein Song vorüber war. Einzig Rich und ein paar seiner Buddies, die er zum Konzert eingeladen hatte, applaudierten. Höflich. Bei den anderen Bands war kaum mehr Feedback. War es am Festland üblich, dass Bands wenn sie öfter miteinander spielten die Reihenfolge ihrer Auftritte tauschten, sprich einmal eröffnete die eine Band, das nächste Mal die andere, herrschte in England selbst im Underground eine strenge Hackordnung. Auf deren unterster Stufe befanden sich Stand To Demand. Dabei waren sowohl Thatcher On Acid als auch The Joyce McKinney Experience Bands, die sie bei aller Selbstkritik selbst an einem schlechten Tag von jeder Bühne spielten, selbst vollgefressen mit je vier Portionen Fish & Chips und unter Einwirkung mehrerer Dosen Tennants Super, einem starken, sirupartigen Bier, das nach wenigen Schlucken dafür sorgte, dass sich das

Hirn und die Wahrnehmung verabschiedeten. Aber die Engländer waren so stoisch, dass sie nicht einmal das bemerkten. Vielleicht alle kollektiv auf Tennants Super? Gustav hatte den flüssigen Trost entdeckt, als er in einer Telefonzelle mit Karin telefoniert hatte. Sie erzählte ihm, dass sie glaube, Julian bekomme seinen ersten Zahn. Gegen die latenten Heimweh-Schübe danach – „I wanna go home, now!" – legte ihm Rich dieses Bier ans Herz. Zwei Dosen sind genug, sagte er. Gustav kaufte sich gleich vier. Eine der wichtigsten Handlungen ihrer England-Tournee war es ja, sich den Tag über zu überlegen, wie viel Bier für die Zeit nach den beschissenen Pub Closing Hours einzukaufen sei, um Mitternacht sperrten die leistbaren Lokale zu und die teuren Nachtclubs zu besuchen, hätte ihr Budget gesprengt. „I wanna go home and I don't wanna play again with Thatcher On Valium or The Joyce McKinney Boredom", lallte er später jeden an, der das nicht hören wollte. Manchmal muss ein Sänger eben von seinem Recht Gebrauch machen, eine Diva zu sein, er kann nicht immer nur teamfähiger Spielmacher sein.

Was sollten sie denn außerdem schon groß mit den deutschen Texten anfangen, die lieben Engländer? Würde der Crustie mit den dreckigen Dreadlocks, voll bis oben hin mit selbstangesetztem Cider, davon halluzinierend, dass er jetzt Deutsch sprechen konnte, ihn wirklich jemals mit einem Band Rilke-Gedichten unter dem Arm anreden und sagen: „Ich kann an deinem rasch wechselnden Gesichtsausdruck und deiner intensiven Körpersprache genau sehen, dass eine Menge aufrechter Gefühle und originelle Gedanken in deinen brillanten Texten stecken, die ich wegen der inexistenten P.A.-

Anlage aber so oder so nicht verstehen kann, ganz egal in welcher Sprache du sie brüllsingst?" „Are you fascist?" hatte stattdessen in Ipswich jemand in Richtung Bühne gerufen. Gustav war sonst nicht auf den Mund gefallen, das Adrenalin beschleunigte seine Denkprozesse, die Konzentration auf die Songs, die Musik fokussierte ihn, bis er sich meistens wie eine ganz im Moment aufgegangene glückliche Instinktmaschine fühlte, die auf alles, die großen und die kleinen Fragen eine taugliche, haltbare Antwort hatte – darum spielte Gustav so gerne live. Aber da war ihm die Sprache weggeblieben, nicht nur eine, sondern gleich die deutsche und die englische. „Yeah, and we come to blitz you again, you limey bastards." Das wär's gewesen! Schlägern ist wenigstens eine ganz klare Form der Kommunikation.

Immer mehr dämmerte Gustav, dass es einfach falsch war, wenige Monate nach der Geburt seines Sohnes hierher zu fahren, sein planetengroßes Ego ungerührt weiter auszulüften, als wäre nichts geschehen. Weiter seine Neurosen in einer subkulturell akzeptabel codierten Form herumzubrüllen, statt bei seinem Sohn zu sein und sich gemeinsam mit dessen Mutter um ihn zu kümmern. Windeln wechseln statt seinen Kumpels beim Saiten wechseln zuzuschauen. Karin wenigstens einmal ein wenig mehr freizuspielen, damit vielleicht zur Abwechslung sie einmal wieder ihr Ego irgendwo auslüften konnte oder ihr einfach die Gelegenheit lassen, nach der Schwangerschaft wieder zu sich kommen, nicht immer mit der ungeteilten Verantwortung für das Baby völlig ausgelastet. Gustav starrte auf sein Bier: „Ich kann echt super von Liebe schreien, aber ich habe doch überhaupt keine Ahnung davon, was das eigentlich sein soll, wie das gehen soll, mir hat doch niemand gesagt, dass ich etwas aktiv dazu beitragen muss. Liebt mich doch einfach und das gefälligst bedingungslos!“

In London hatte er alibimäßig etwas gekauft für den Buben, für Julian. Bei Mothercare. Zum Glück hatte er sich die Größen in seinem Notizbuch genau aufgeschrieben – hatte der Immigration Officer die gesehen? Zu Mothercare hätte er genauso gut auf der Linzer Landstraße gehen können. Im Londoner Virgin Megastore verbrachte er entschieden weit mehr Zeit und dabei glänzten seine Augen glücklich, als er sie über die endlosen Reihen mit Vinyl streifen ließ. Er verstand immer weniger, warum Karin ihn noch nicht zum Teufel gejagt hatte mit seiner verdammten Scheißmusik und seiner verfluchten Egozentrik, seiner wortmächtigen Verzweiflung an der Welt, den Menschen, an diesem Österreich und an diesem Linz. Und nicht nur die Worte waren es, die ihm fehlten, wenn es um Karin ging oder darum, die Dinge zu benennen, die ganz unmittelbar vor seinen Augen waren, hinter seinen Augen. Wirklich etwas an sich zu ändern, etwas konsequent anders zu tun schien ihm völlig unmöglich. Talk – Action = Zero.

Seine Mutter hatte ihm, nachdem er ohne Abschluss von der Schule abgegangen war, einen Job besorgt, einen völlig anspruchslosen Finanzverwaltungsjob. Wenn er wieder einen Tag abgessesen hatte und nach Hause kam, schaute er flüchtig nach Julian, grunzte kurz mit Karin einen Kommunikationsstau durch und ging dann seinen Dingen, hauptsächlich also der Band nach. Briefinterviews mit irgendwelchen Fanzines, die in Winzauflagen erschienen, widmete er sich in stundenlanger Hingabe, formulierte Antworten, die nur einen Rückschluss zuließen – was für ein gescheiter und belesener Hardcore-Sänger, was für eine reflektierte, unprätentiöse Band! Dann ging er fort, um sich seine ureigene Variante der kosmodämonischen Gesellschaft schön oder von sich weg zu trinken, zu der er seinen Arbeitsplatz frei nach dem fanatisch gelesenen Henry Miller stilisierte. Jetzt steh ich hier mit der Leidenschaft eines Planeten und trage Amtspost in einer alten Aktentasche durch die Gegend! Gut, viel war schon einfach kurios. Die ganzen formstrengen Anforderungsschreiben für spezielle Formulare, Gummiringerl und Büroklammern, die tatsächlich unverwaltbaren Aktenberge und als der krasse Gegensatz solcher fast liebenswerter, unerheblicher Nichtigkeiten die spürbare Frustration, die spätestens ab eins, halb zwei, nach der so weit wie möglich gedehnten Mittagspause in den Büro-Gängen und Stiegenhäusern, im Lift und um das ganze Gebäude herum zu zirkulieren begann. Die im strahlenden Frühlings- oder Sommersonnenschein noch heftiger ihre Runden zog, als im grauen und kalten Herbst oder Winter. Die Verdauung und die Depression gehen oft Hand in Hand.

Beidem wurde von nicht nur einem unterforderten Akademiker in seinem Arbeitskämmerchen mit Alkohol beizukommen versucht, während die hübschen Mädchen aus der Kanzlei darüber debattierten, wer von den männlichen Referenten denn nun nach der glanzvollsten Karriere ausschaute und nicht gar zu arg fürs Auge war. Seine Mutter erzählte Gustav immer wieder von jungen, frischgebackenen Familienvätern mit protzigen Eigenheimen und entsprechenden Krediten zu deren Errichtung, die in ihren Büros nach 18 Uhr keinen Ausweg mehr wussten. Wenn die Frau auf einmal weg wollte, mit dem süßen Kleinen, weil sie es einfach nicht mehr aushielt, dieses enge, abgesteckte Leben, vom ständig hackelnden Mann mit dem Nachwuchs im mit Schulden für ein ganzes Leben belasteten Neubau-Haus geparkt. Die Finanz verwaltete die Waffen und die Munition für den oberösterreichischen Zoll und es wurde nicht nur eine von der Republik Österreich finanzierte Pistolenkugel unsachgemäß und nicht weisungsgerecht verwendet. Die Putzfrauen bekamen dann eine Sonderzulage ausbezahlt, wegen dem Blut das wegzuwischen war. So gesehen wäre Suicidal Tendencies eigentlich ein weit besserer Name für eine der zahllosen Volksmusik- und Unterhaltungsbands gewesen, die oberösterreichische Finanzer so gerne zum Ausgleich in ihrer Freizeit betrieben, als für die kalifornische Skater-Bande. Fand Gustav, behielt den zynischen Gedanken allerdings lieber für sich.

Von solchen Tragödien abgesehen war das Ganze kein wirklich kafkaesker Alptraum von einem sich selbst bedingenden und genügenden unmenschlichen Apparat, sondern eine manchmal sogar lustige Farce. Die Menschen, die in sie hineingeraten waren, nicht zermahlte, sondern mit ihren ewig gleichen Abläufen einfach Tag für Tag ein wenig mehr sinnentleerte, gemächlich abtrug und abbaute, bis ihnen das eigentliche Leben bei intakten, weiter wachsenden Bezügen abhanden gekommen war. Es ist alles nur eine Frage der Ausgleichszahlung. Die Hölle ist ein Amt, das nichts zu tun hat und in dem nichts zu tun ist. Der Himmel vielleicht auch.

Schwer beladen mit solchem Blues, auf den er Unmengen von Alkohol schüttete schlief Gustav danach seinen Rausch aus. „Ich muss morgen aufstehen, ins Büro", grummelte er meistens abwehrend, wenn das Kind in der Nacht schrie und Karin ihn schicken wollte. Selten genug ging doch er Julian beruhigen, konnte der nicht schlafen. Dann fühlte sich Gustav sehr väterlich und erwachsen, für ein paar Momente, wenn Julian brav mitspielte und nicht zu lange quengelte und greinte, seinen Kopf schon nach wenigen Minuten auf- und abgehen wieder glücklich eingeschlafen auf Gustavs Schulter legte. Dann spürte Gustav den Herzschlag seines Sohns und hörte seinem Atem zu und unter den zwei, drei Tränen, die wie von selbst kamen, fühlte er sich einmal ganz warm und ganz richtig und gut.

„Hey, wir spielen gleich", stieß ihn Harald mit dem Fuß an. Er hatte die Drumsticks in der Hand hatte und spielte sich damit auf seiner Snare warm. „Hochtonhefen", sagten die anderen in der Band zu deren unverkennbarem Klang, mit dem Harald brillant kompensierte, was seine rhythmisch wenigstens eigenwillige Basstrommel manchmal aufführte.

Das Spielen an sich war fast immer okay, selbst angesichts solch weitgehender Publikumsapathie wie bei ihrem ersten britischen Gig. Sie konnten immer etwas mobilisieren, zwischen sich und den Songs, es hatte etwas Befreiendes, sich in diese Lieder zu stürzen, als könnten sie damit an der Welt rütteln, für diese zwei, drei Minuten, die sie dauerten, zwei Strophen, ein Mittelteil, drei oder vier Refrains, manchmal ein für die original Hardcore-Form obsoletes rhythmisch anderes Intro oder gar eine eigenwillige Verrückung dieses verinnerlichten Ablaufs. Auf Tour war der Moment nach dem Gig vielleicht das einzige kleine Zeitfenster während des ganzen Tages, an dem man halbwegs normal war, ganz da und bei sich, nicht fragmentiert zwischen Equipment schleppen, zum nächsten Gig fahren, Soundcheck machen, etwas essen oder nicht, auf das Spielen warten, socialisen, sich berauschen, ausladen, zum Schlafplatz fahren und dann verkatert aufwachen. Weil es in irgendeiner englischen Küche oder in irgendeinem englischen Wohnzimmer doch wieder verflucht lang geworden war, weil soviel zu besprechen war, was von zuhause mitgenommen wurde oder neu dazugekommen ist. Und Bier haben wir auch zuviel eingekauft. Der Vibe in Newcastle war richtig gut, selbst wenn D.O.A. nur mehr ein matter Abklatsch ihrer 80er-Glanztage waren, eine wohlmeinende gealterte Rebelmusic gefangen in der eigenen professionellen Wiederaufführung. „Don't talk scene, work scene", hatte ihn Pichler nach dem Konzert aus einem Gespräch mit Ken Lester gerissen, dem Manager von D.O.A. und No Means No, der seinen Hauptjob und seine Erfahrungen bei einem kanadischen Major für diese Bands zu nutzen wusste. Gut, diesmal würde Gustav dem Verstärkerschleppen nicht entkommen. Die Menschen schienen hier in Wales ein wenig offener, unbekümmerter, nicht ganz so niedergebeugt oder gebrochen von der wirklich grimmigen Realität in Thatchers England. Ein kleiner, dicker walisischer Punk fragte Gustav, ob er ihm nicht seinen roten Bad Religion-Kapuzenpullover schenken wolle, Gustav hätte es fast getan und erinnerte sich nur im letzten Augenblick daran, dass er das wärmste Kleidungsstück war, das er eingepackt hatte.

In London hatten sie einen Mitbewohner der WG von Andreas Schwester kennengelernt, bei der sie einen Tag ohne Konzert verbrachten, hauptsächlich damit beschäftigt, den aus Österreich mitgebrachten Kaffee zu trinken, als zu lange vermisstes Gegengift zum allgegenwärtigen Tee. Ein brillanter Kopf und hochbegabter Mathematiker, trotzdem seit vier Jahren on the dole und ohne Arbeit, seit wenigstens zwei Jahren Abend für Abend damit beschäftigt, mit seinem besten Freund und Nachbarn, ebenfalls arbeitslos, endlose Partien Backgammon zu spielen und sich dabei von dem, was sie sich von der Arbeitslose gerade noch leisten konnten, zu besaufen und einzurauchen.

Gustav erlebte das Klischee von der britischen Reserviertheit als Tatsache, er meinte ein kollektives Rühr-mich-nicht-an zu spüren, das sich erst kurz vor der Pubsperrstunde zu verabschieden oder wenigstens zu lockern schien, wie eine Krawatte, die erst kurz vor Mitternacht gelockert wurde. Wenn aus der zu spät überwundenen Distanz nicht mehr viel entstehen konnte. Am wohlsten fühlte Gustav sich in ihrer Homebase in Southampton, in der Wohngemeinschaft von Richs Freund Mike, in der vier völlig unterschiedliche Menschen zusammenlebten. Mike ein gestandener Old School-Punk mit Iro, der absolut ruhige und straighte Ken, Robbie, ein Psychobilly, der seinen Spaß mit chemischen Drogen hatte und der fast immer Sonnenbrillen trug, damit seine von den polytoxischen Experimenten des Vortags tief geröteten Augen nicht zu sehen waren, und der zweite Mike, der im korrekten Anzug zu seiner Bankkaufmannslehre ausrückte, als sie gerade schlafen gingen. Für keinen von ihnen war es das geringste Problem, dass vier, dann fünf Wahnsinnige und gelegentlich auch noch Rich den Boden ihres Wohnzimmers tagelang in Beschlag nahmen. Großartig das lokale Pub, das Joiners, in dem sie zweimal spielten, einmal als Teil eines Woodstock Revival-Abends, bei dem sie drei mühsam einstudierte CCR-Covers mit großer Hingabe schlachteten. Als sie sich schon beim Intro zu „Down On The Corner“ sagenhaft verspielten, griff Gustav Andreas in die Gitarre und sagte, als entferntes Echo den Tonfall imitierend, den er von den Bühnenansagen aus dem Woodstock-Film im Ohr hatte: „Wait, I just heard there's austrian people making their way here from the Krishna tent, but they're stuck in the mud, let's wait for our brothers and sisters.“

Der P.A.-Mensch, ein sittenstrenger älterer Anarcho-Punk, hatte Gustav im Pub-Getümmel gefragt, wie denn Österreich so sei. Ganz im Geist der Veranstaltung hatte Gustav dem Bruder das Peace-Sign geflasht und lächelnd „peaceful“ gesagt. Das hatte Simon offensichtlich so beeindruckt, dass er sich beim eigentlichen Gig von Stand To Demand so dermaßen ins Zeug legte, dass sie mit diesem Mörder-Sound nicht mehr viel falsch machen konnten. Robbie stand ganz vorne, mit einem Fuß auf der Bühne, Sonnenbrille exakt adjustiert, grinste vor sich hin und gab Harald immer wieder Thumbs Up. Der Gig im Joiners war wie ein frühes Heimspiel in Linz, als es noch neu und aufregend war, dass sie endlich ihre eigenen Hardcore-Bands hatten, dass Freunde ihre Freunde auf der Bühne bejubelten. Es war eines dieser Konzerte, bei denen man den ganzen anderen Scheiß vergisst, die ganze Warterei, die endlosen öden Fahrten, die miese Stimmung in der Band. Du gehst von der Bühne und denkst dir „yeah!“, in welche Hand nehme ich jetzt die Welt? In London war ihnen ein ähnlich gutes Konzert gelungen, sie hatten sogar zehn Platten verkauft, das war nicht nichts in der Welthauptstadt des Pop. Dabei ließ sich ihr London-Erlebnis alles andere als „swinging“ an, es gab absolut keine Chance bei dem Pub, in dem sie spielten oder nur in unmittelbarer Nähe zu parken. Also schleppten sie ihre komplette Backline, die bei solchen Gelegenheiten immer noch umfangreicher zu sein schien als den Tag zuvor, von dem Parkplatz, den sie nach ewigem Suchen gefunden hatten zur Venue – und mitten in der Nacht wieder zurück. Licht gab es in dem Pub nur hinter der Bar und auf der Bühne und durch eine unscheinbare Glühbirne auf der Männertoilette, die zum Glück nicht wirklich erhellte, was ohnehin niemand sehen wollte, herrschte dort doch schon nach dem Soundcheck eine einzige wohlriechende Überschwemmung. Aber die Londoner konnten wirklich mit ihrem Sound und das machte für vierzig, fünfundvierzig Minuten alles wett. Während später die anderen mit Taxis ewig und kostspielig durchs große London zu den Schlafplätzen fuhren, schliefen Andreas und Gustav im Bus, wegen dem Equipment. Als vormittags die anderen wieder eingetrudelt waren, hielt er es nicht mehr aus und machte sich zur nächstgelegenen U-Bahn-Station auf, um sich unter halbwegs zivilisierten Umständen zu erleichtern. „Yung won, yur ticket“, brummte ihn dort ein schwarzer Mensch in Uniform an, der ihm aber dann sehr freundlich im gleichen breiten Akzent den Weg zur Toilette wies. Als er zum Bus zurückkam, waren alle in heller Aufregung. Edward Tudor-Pole, der im

Sex Pistols-Film „ The Great Rock'n'Roll Swindle" das Lied „Who Killed Bambi?" singt und dessen Band Tenpole Tudor, Hardcore hin, Hardcore her, Pichler und Gustav sehr liebten, war vorbeigerauscht und hatte sich mit ihnen unterhalten. Er war wohl am Heimweg von einer anstrengenden Nacht – „die Augen waren so rot wie die von Robbie!" Göttin, dachte Gustav, ein Highlight dieser ganzen mühsamen England-Geschichte und er war am Klo. Sein ganz persönlicher Rock'n'Roll-Schwindel.

Im Niemandsland der Popmusik
(Further Grenzerfahrungen)

Den England-Trip hatten Stand To Demand als Band überlebt, knapp, die Reise nach Polen würde ihnen den Rest geben. Das letzte Konzert in Brighton war, wie das erste in Bradford, eine Prüfung. Müde, grantig und ausgelaugt mussten sie sich nach dem Spielen von einer musizierenden Kasperltruppe namens Wat Tyler noch on stage parodieren lassen. „Look, here's Stand To Demand in action." Unkoordiniertes Herumgehüpfe und unstrukturiertes Eindreschen auf Gitarre, Bass und Drums. Unter anderen Umständen hätte Gustav die Imitation seiner Körpersprache vielleicht amüsant gefunden, möglicherweise sogar schmeichelhaft, dass sich überhaupt jemand die Mühe machte hinzusehen, Merkmale auszumachen, sie zu imitieren und zu überspitzen. Sowieso, ich tu' so, wie ich glaub', dass Hank Rollins oder

Ian getan haben oder tun, gesungen wird so wie Joe und Mick mir das vorgemacht haben. Weil ich das alles nicht wirklich kann und bin, nicht die Stimme dazu hab' kommt dann das heraus, was mich ausmacht. „No input, no output", hat Joe Strummer gesagt und einfach recht gehabt, nicht nur damit.

Andreas hatte tatsächlich noch soviel Distanz und Humor, um von ganzem Herzen lachen zu können. Good boy, der war wirklich anders gestrickt als er. Gustav wollte nur noch nach Hause und schlafen, sein Leben überdenken, vielleicht vorher noch ein paar von diesen apathischen, scheintoten englischen Punx hier killen. Warum eigentlich nicht gleich mit diesen Wichsern da auf der Bühne anfangen? „Enough is enough", sagte er sich zu sich selbst, „reiß dich z'samm!" Wat Tyler sind nicht der Feind und die paar verstreuten Typen, die da alle gemeinsam eben keine gute Zeit haben, auch nicht. Andreas kaufte eine Wat Tyler-Single und im Small Talk waren die sogar recht okay, Gustav schleppte erstmalig fast allein ihr Zeug in den Bus, keine Frage, er wollte wirklich, wirklich weg. Der Abschied von Rich war lange und herzlich, er hatte sein Bestes getan, hatte die schlechten Konzerte mit ihnen durchlitten und die guten mit ihnen gefeiert. Newcastle, London und Southampton waren schon okay, nein, richtig gut und welche österreichische Band konnte schon von sich behaupten, im UK gespielt zu haben. Und zehn motherfucking LPs in London verkauft! Take that, Weana Bazi, und mit dem Major-Vertrag, von dem du fantasierst, wisch ich mir meinen Arsch, weil's hier in England selten Klopapier gibt. Dafür haben sie eine Königin und eine Margaret Thatcher und eine Lady Di. Vielleicht sollte ich ihnen einen Tausch vorschlagen? Sie hatten eine Menge toller Menschen kennengelernt, die WG in Southampton, Beddis und seine Frau in Wales, vor allem die ganz normalen älteren Typen in dem Pub in diesem völlig trostlosen Kaff im Norden gingen ihm nicht aus dem Kopf, wie offen die ihnen begegnet waren, an Karl hatten die regelrecht einen Narren gefressen. „Wish my boy was like you." Good people under bad circumstances. Und fuck the poll tax! Gustav und Rich lösten sich aus ihrer Umarmung. „For once we don't brush our teeth and still fuck off", sagte er und gestattete sich ein, zwei Tränen, im schlechten Licht kaum zu sehen „and hell, we forgot to kick your ass, you greedy bastard". Dann hüpfte er schnell in den Bus, rollte sich auf der Liegefläche hinten in seinem treuen, anheimelnden Schlafsack zusammen, a home away from home, winkte ein letztes Mal aus dem Rückfenster und rief nach vorne „next stop Kontinent!"

Next stop Poland.

Die ganze lange Fahrt über hatten sie hitzig ihre Eindrücke von England diskutiert und darüber, ob sie die Konzerte, die sie im Mai in Polen ausgemacht hatten überhaupt spielen sollten. Die Bandkasse würde das noch überstehen und interessant wär es auf jeden Fall, immerhin sollten sie alle drei Gigs gemeinsam mit No Means No spielen. Gleich noch einmal in eine noch einmal reichlich andere Welt, als die in der sie bislang Musik gemacht hatten? Wo die Parameter fürs Musikmachen andere sind, weil die Parameter für alles ganz anders sind? Waren sie nicht einfach verwöhnte Arschlöcher von der Insel der Seligen, die es einfach nicht packten, wenn Dinge nicht genau so liefen wie sie es gewohnt waren? „Jetzt redest du aber nur von dir“, merkte Harald spitz an und Gustav meinte Zustimmung von Andi und Pichler zu bemerken, da war er dann wenigstens die nächsten zweihundert Kilometer beleidigt. Er kam nur schwer zu Rande mit dieser Hoffnungslosigkeit, die in England so greifbar gewesen war, diese zum Teil beschämenden Umstände, unter denen Menschen leben mussten oder damit, wie deprimiert Rich schon war, der Jobs vermitteln sollte, aber es gab einfach keine Jobs zu vermitteln. All die tollen Typen, die in der jahrelangen Arbeitslosigkeit ihr Selbstwertgefühl über Bord geworfen hatten. Währenddessen bluteten Thatcher und ihre unersättlichen konservativen Kapitalvampire das Land aus. Eine Kopfsteuer, Ende des zweiten Jahrtausends nach Christus. So sind sie halt, die fidelen Geisteskumpels der ÖVP. Als sie eine Ewigkeit später auf Linz zuhielten, war der nicht ganz ausgesprochene Konsens der Stand To Demand-Mitglieder, dass sie die Polen-Konzerte spielen würden. Sie wollten Wojtek nicht hängen lassen, der ihnen die Geschichte angeboten und organisiert hatte, danach weiterschauen, ob und wie es weiterging mit der Band.

Gustav fiel es leichter sich wieder zu verabschieden, als er gedacht hatte. Seine Vorsätze die Geschichte mit Karin und Julian ganz anders anzugehen, fielen nach ein, zwei Tagen in sich zusammen. Er probierte seinem Sohn die Mothercare-Sachen an, spielte ein wenig öfter mit ihm, wickelte ihn, versuchte liebevoll zu Karin zu sein, sie zum Lachen zu bringen, sie nett und zuvorkommend zu behandeln, ihr Komplimente zu machen. Aber natürlich misstraute sie diesem wie neu angestrichenen wirkenden Gustav und ein paar bemühte

Scherze, ein paar Liebenswürdigkeiten konnten nicht Wochen und Monate aufwiegen. Was Gustav wiederum kränkte. Er fühlte sich gleich wieder zurückgewiesen, wo er sich doch so bemüht hatte. Dann halt nicht. Keine Konsequenz, keine Ausdauer.

Im Job teilte ihm der Personalvertreter und Gewerkschafter – logisch musste Gustav beitreten – mit, dass sein Urlaub für die Tage im Mai gestrichen sei, wegen der jährlichen Abgabe der KFZ-Karten herrschte eine generelle, ausnahmslose Urlaubssperre. Soweit kommts noch, dachte sich Gustav. Karin wurde instruiert, ihn krank zu melden, er war diesmal sowieso nur fünf, maximal sechs Tage weg. Von Wien aus ging es mit dem Bandbus nach Polen, ein Wiener Freund, Max reiste mit ihnen. Der Grenzübertritt war problemlos, hatte nichts von der beklemmenden Atmosphäre, die vielleicht zu erwarten gewesen wäre, von wegen Ostblock und der ungewissen Übergangszeit zwischen den Systemen. Schon ein bissel strenger als die heimischen Zöllner und die umgehängte Maschinenpistole hatte auch Klasse, aber nichts im Vergleich zum schneidenden Eis des DDR-Grenzers Ende zwei Jahre davor. Bedächtig tippte der Zöllner ihre Liste mit den Instrumenten und Verstärkern mit einem „X" zu, damit sie nicht nachträglich noch etwas hinzufügen konnten, stempelte sie dann hochoffiziell ab. Sie alle bekamen einen Stempel in ihre Pässe, der Bus mit dem sie fuhren, wurde ebenso mit Typ und Kennzeichen eingetragen. No big deal. Sechzig, siebzig Kilometer im Landesinneren erwartete sie Wojtek laut ihrem letzten Telefonat bei einer Straßenkreuzung. Tatsächlich stand er wirklich dort und erwartete sie schon. Immer spannend jemanden kennenzulernen, den du nur von Briefen und, kurz, vom Telefon kennst. Er lotste sie schnell zu sich nach Hause, es gab Tee, Gustav wunderte sich über die dünnen Wände in dem Haus, das überhaupt wirkte, als könnte ein heftigerer Windstoß es mühelos abtragen. Die Fahrt zum Konzert war ereignislos, einmal stellten sie sich ewig in einer Schlange vor einer Art Tankstelle an, Wojtek managte, dass sie Benzin bekamen, der über einen Einfüllstutzen, den sie mitgebracht hatten, in den Tank gefüllt wurde. Das erste Konzert fand in einer Art Kulturzentrum inmitten einer Wohnhausanlage statt. Wie alle Konzerte in Polen startete es extrem früh, um 22 Uhr hatten schon alle drei Bands gespielt und sie saßen mit einer einzigen mühsam erbeuteten Flasche Bier in ihrer Unterkunft. Sie unterhielten sich notgedrungen mit den Leuten von No Means No, weil viele der Polen, denen sie begegneten, kein oder kaum Englisch sprachen und sie kein Polnisch. Mit Die Trottel aus Ungarn, die ebenfalls gespielt hatten, wurden sie weder musikalisch noch menschlich warm. Für Gustav war das Jazzrock, vielleicht unter schwierigen Bedingungen entstandener Jazzrock, Die Trottel gab es schon sehr lange, aber immer noch Jazzrock. In Erinnerung blieb Gustav von seinem ersten Konzert in Polen vor allem, dass ein junger Mann, glatzköpfig, sehnig, mit Augen, die wirkten, als hätte er sich seit Wochen ausschließlich von reinem Speed ernährt, völlig manisch und ganz offensichtlich in einer ganz anderen Welt als alle anderen immer wieder versuchte das Konzert zu stören, daran aber von Securities so groß wie Kästen nicht ohne Mühe gehindert wurde. Nach drei oder vier solcher Störversuche gingen die Kästen zum Gegenangriff über und jagten den armen Kerl durch die Wohnanlage – er war allerdings schneller. Später erzählte ihnen Wojtek, dass er sich in dieser Nacht von einer Brücke in den Tod gestürzt hätte. Radikal.

Die Fahrt nach Warschau verlief wieder ereignislos, in der polnischen Hauptstadt kamen sie ihrem und Wojteks Halbwissen nach, indem sie sich als Westler bei einer Polizeistation zu melden hätten. Sie gingen ein wenig durch Warschau, der Himmel war von einem überwältigenden, schmutzigen Grau, hinter dem wie hinter einem massiven Vorhang eine blasse Sonne mehr zu erahnen, als zu sehen war. Sie fanden eine Polizeistation, der diensthabende Polizist ließ sie wissen, dass sie sich die Mühe völlig umsonst gemacht hatten, Polen war schon im Jahr 1990 angekommen! Sie trotteten gemächlich zurück. Das heutige Konzert fand im Innenhof eines Gebäudes der Warschauer Uni statt, als sie hinein marschierten waren No Means No noch am Soundchecken. Gustav kam vor Robs Bassverstärker zu stehen, allein der Luftdruck versetzte ihn beinahe einige Zentimeter nach hinten, doch Rob Wright bearbeitete sein Gerät weiter wie wahnsinnig und brüllte über sein Mikrophon ihren Soundmann Craig an: „I can't hear myself!“ Zum Essen ging es in eine Wohnung in der Nähe, dort lagen einige polnische Punkfanzines herum, die Gustav durchblätterte, auf der Rückseite von einem davon waren Hammer und Sichel dick durchgestrichen, was sie auch auf einige Häuserwände in der Nachbarschaft gesprüht gesehen hatten. Pichler und Gustav unterhielten sich darüber, dass für sie beide das kommunistische Symbol nicht ausschließlich oder überwiegend negativ besetzt war, dass es hier aber als reines Zeichen der Unterdrückung wahrgenommen wurde. Wie um sie zu bestätigen, radebrechte ihr netter Gastgeber in ihre Richtung „no good communism, we now make new Poland, new life, better life“ und er strahlte, als könnte er diese gute Zukunft schon fühlen, als hielte er sie eigentlich schon in diesem Moment in seinen sehnsüchtigen Händen. „Good luck“, wünschte ihm Gustav leise.

Ihr Tross marschierte zurück zum Konzert. Vor dem Tor zum Uni-Innenhof hatten sich schon mehrere Hundertschaften eingefunden, die auf Einlass warteten. Sie tauschten ratlose Blicke mit No Means No. Wie da jetzt hineinkommen? Ihr Gastgeber, der Veranstalter des Konzerts sagte einige Worte auf Polnisch, wie das rote Meer teilte sich die Menge, um sie durchzulassen. So seltsam hatte sich Gustav selten gefühlt. Stand To Demand spielten einen passablen Set, aber vor einer Band wie den Kanadiern zu spielen birgt ein großes Frustrationselement. Sie sind einfach immer besser als deine Band, du kannst es selbst kaum erwarten, sie spielen zu hören. Ein Pole, der Gustav hinter der Bühne ansprach, schlug in dieselbe Kerbe. „You better than polish band, you got more expression. But No Means No better than you, far more expression.“ „Right on, brother“, pflichtete ihm Gustav aus vollem Herzen bei. Und an diesem späten Nachmittag in Warschau legten No Means No einen Jahrhundertgig hin. Ein Song zwingender als der andere, Lieder, die ihre oft komplexen Inhalte mühelos über Sprachbarrieren hinweg transportierten, transformierten die Menschen in einen großen, glücklichen Haufen Zustimmung und Begeisterung, der spielerische Humor von Stücken wie „Oh No, Bruno" brauchte sowieso keine Übersetzung. Selbst die Sonne drang durch den Schmutzfilm des Warschauer Smogs und auf dem Dach gegenüber der Bühne schwenkte ein Mann eine rote Fahne zur Musik der drei Kanadier, die ein breites Grinsen aufsetzten.

In der Wohnung des Warschauer Künstlerpärchens, in der sie alle schliefen, eine wunderbare und geräumige Wohnung, unterhielt der weißhaarige Rob Wright in der Küche sitzend die ganze Gesellschaft mit Schwänken aus seinem Leben, gelegentlich pointiert torpediert von seinem Bruder John, wenn es Rob gar zu gnädig hatte. Hunger und Durst machten sich bemerkbar, Ingrid aus Amsterdam, die vor Jahren in der Kapu auf No Means No gewartet hatte, vor allem auf ihren Freund Andy, den Gitarristen, schnappte sich einen Einheimischen und rückte entschlossen aus. Nicht einmal eine Stunde später waren sie wieder retour mit den Zutaten für eine Unmenge an Pasta und – unglaublich! – nennenswerten Biervorräten. Das No Means No & Co einfach in einer anderen Liga spielen, zeigte sich nochmals am nächsten Morgen, ein Seitenfenster ihres Bandbusses war eingeschlagen worden, abermals Ingrid went to work und organisierte blitzschnell eine improvisierte, aber taugliche Lösung für das Problem. Mit einem gründlich geklebten und abgedichteten Busfenster konnten No Means No weiterfahren.

Das letzte Konzert fand in einem ehemaligen Konferenzzentrum der kommunistischen Partei Polens statt, ein wenig außerhalb von Poznan gelegen. Im gewaltigen Stauraum hinter der Bühne schimmelten überlebensgroße Porträts von

Parteifunktionären vergessen vor sich hin, verstaubt und demoliert. Auf der Toilette befanden sich locker fünfunddreißig, wenn nicht vierzig Pissoirs nebeneinander. Die regierende Klasse hat eine große Notdurft. Das Publikum verfolgte das Konzert wie aus einem Uni-Hörsaal, was ein wenig surreal wirkte. Erstmals spielte eine polnische Band mit ihnen, Armia droschen wacker und gnadenlos vor sich hin, der gelockte Hüne von einem Sänger hatte etwas von einem Wikinger an sich. Als gesungene Sprache schmeichelte Polnisch dem Ohr nicht wirklich, aber zu diesem Sound machte es sich ganz hervorragend. Weder Stand To Demand noch No Means No reichten an ihre Darbietungen vom Vortag heran, dazu waren die Umstände etwas zu bizarr, der Abstand zum Publikum zu groß. Gustav lernte abermals etwas über die Kunst der Performance. Als Rob eine Bassseite riss, rief er dem Gitarristen Andy zu „talk to them“, lass’ den Kontakt nicht abreißen.

Weil sie ihren Einfüllstutzen verloren hatten, kam ihnen Craig von No Means No zu Hilfe. „You need the Schnasel“, sagte er und füllte gleich eigenhändig den Kanister mit Treibstoff, der ihre Gage war, in den Tank. Wenig später waren Stand To Demand auf dem Rückweg Richtung Österreich, No Means No mussten weiter nach Finnland, im Land der Mitternachtssonne und depressiven Trunkenbolde ihre Brillanz verbreiten. Gustav wäre gerne mit ihnen gefahren, wieder einmal hatte ihn latentes Fernweh im Griff. Schon nach wenigen Kilometern begann der Motor ihres Busses Macken zu machen. Macken, die sich stetig verschlimmerten, bis sie irgendwo im polnischen Nirgendwo, am Rand eines Waldes, weit und breit keine Ortschaft oder auch nur Licht auszumachen, schließlich stehenblieben. Der Motor tot, mausetot. Genauso fange die Sache im Film „Der Hügel der blutigen Ameisen“ an, warf der große Horrorliebhaber Max ein, um die Stimmung aufzuhellen. Es blieb ihnen nichts anderes übrig, als die Nacht im Bus zu verbringen und bei Tageslicht zu schauen, was sie machen konnten. Wirklich mühsam war nur, dass zum Austreten immer wieder einer über alle anderen drüberklettern musste. Wenn dann die Schiebetür des Busses ging nicht selten von Max mit einem bedächtig und getragen gesprochenen „Pass auf dich auf!“ ins Dunkel verabschiedet. Morgens mussten Wojtek und Pichler zum Glück nicht allzu weit gehen, bis sie an der Straße eine Autowerkstatt fanden. Deren Eigentümer fuhrt mit ihnen zurück zum gestrandeten Bandbus, konnte aber nur bestätigen, was alle schon vermutet hatten. Der Motor war hin, dieser Bus würde sich aus eigener Kraft keinen Millimeter mehr bewegen. Allgemeine Ratlosigkeit. Der Mechaniker wusste Rat, er könnte den Bus zu sich in die Werkstatt schleppen und zwei seiner Freunde anrufen, die hätten einen großen Kastenwagen, in dem sie und ihr Equipment Platz finden würden. Nicht einmal zwei Stunden später fuhr tatsächlich diese ihre polnische Arche vor, in einem Gelb, das einen beinahe blendete. Der Preis war schnell ausgehandelt, 500 Schilling sollte das Lastentaxi nach Wien kosten. Mensch und Material waren rasch umgeladen und verstaut, dem Retter herzlich gedankt und ab. Auf der polnischen Grenzstation allerdings die berechtigte Frage des Zöllners: „Wo Bus?“ Fuck, wie blöd kann eine einzelne Band eigentlich sein? Wojtek redet sich den Mund fusselig, sie alle redeten sich den Mund fusselig. Der Zöllner insistiert. Kein Bus von dem Fahrzeugtypen und mit dem Kennzeichen, der in euren Pässen steht – kein Grenzübertritt. Pichler erhöht den Einsatz. „Then I want to call my embassy." Jetzt wird's dem Zöllner zu heiß, das soll sich bitteschön der Postenkommandant ausmachen, er ist doch bitte nicht blöd. Sie folgen mit dem Kastenwagen dem Zöllner in dessen Dienstwagen zurück ins Landesinnere, suchen den Kommandanten zuhause auf. Der war ganz offensichtlich noch vor kurzem mit einer Dame zugange, die sie alle freundlich anlächelt, die Wodka-Flasche am Wohnzimmertisch ist auch nicht mehr taufrisch. Der sympathische Verantwortungsträger bietet ihnen gastfreundlich einen Schluck an, einzig Gustav beweist Anstand und nimmt die Einladung gerne an. Prost! Dann wird eine Menge und lange Polnisch geredet. Es wird gestutzt, es wird Stirn gerunzelt, es wird kurz laut, schließlich findet Gustavs neuer bester Freund – noch einen Wodka? – eine geradezu salomonische Lösung. Ja, sie dürfen jetzt nach Österreich ausreisen. Wenn allerdings bis zu dem und dem Termin ihr Bus nicht aus Polen ausgeführt wird, geht der, und dabei zeigt er auf ihren Freund Wojtek, ins Gefängnis. Sie schauen alle zweifelnd zu Wojtek, der nickt zuversichtlich. Guter Mann.

Wojtek musste nicht ins Gefängnis, weil Andreas den Bus tatsächlich fristgerecht heimholt, Gustav verkühlt sich bei der Heimreise so schwer, dass der Fake mit der Krankheit gar kein Fake mehr ist. Ganz großes Theater, als der Personalvertreter ihn zu Hause besucht. Er muss ihn zu einem Termin beim Amtsvorstand zitieren. „Ihre Gewerkschaft auf Ihrer

Seite", erbärmlicher Heuchler. Der sterbende Gustav, blass, dick vermummt, streichelt selbstvergessen und unter großer Anstrengung seinen entzückenden Sohn, der bald Halbwaise sein wird. „Wenn's denn sein muss", krächzt er, bevor ihn ein kräftiger Hustenanfall schüttelt. „Sie verzeihen …"

Der Amtsvorstand eröffnet mit den Worten „es gibt Gerüchte, dass sie dieser Tage gar nicht in Österreich oder krank waren." „Wer sagt das?" Stille, kurze Pause, beidseitig blödes und ratloses Schauen. „Wenn das so ist, dann kündige ich." „Um Himmels willen!"

Gustavs Dienstvertrag wird einvernehmlich gelöst. Was sich bei Stand To Demand nicht ausgeht. Beim Wiederherstellen des Busses geraten Pichler und Gustav, der Stunden zu spät zum lange vereinbarten kollektiven Arbeitseinsatz erscheint, so heftig aneinander, dass Andreas sagt, er druckt das alles nicht mehr durch, und aussteigt. Im September spielen sie ihr letztes Konzert, Gustav geplagt von zwei Pickeln links und recht am Kinn, verhasste Widergänger der überwunden geglaubten Teenagerzeit und, schlimmer, von einem Weisheitszahn. Pichler und Andreas reden die ganze Fahrt nach Göttingen und von Göttingen zurück kein einziges Wort miteinander. Nach ihrem allerletzten gemeinsamen Ton hüpft der mitgereiste Max, ergriffen vom Abgang seiner allerliebsten Hardcore-Band auf die Bühne und greift sich das Mikrophon. „So hört es im Hügel der blutigen Ameisen nicht auf. See you in heaven, Stand To Demand!"

So Much Love / Better Memories Are Made Of This

Ging es Gustav so richtig schlecht, was regelmäßig vorkam, funktionierten nach dem ersten vollständigen Abtauchen in mehrere, fast ausschließlich im Bett verbrachter Tage die Erinnerungen an die ganze Punkerei und die glorreiche Musik selbst wie langsam anschlagende „Gustav's Little Helpers". Eine Art rezeptfreie, von keinem Arzt verschriebene Anti-Depressiva, deren Wirkung durch den massiven Grauschleier der völligen Antriebslosigkeit, der wie mit den Händen zu greifenden Hoffnungslosigkeit drangen. Die halfen, das Bett dann doch wieder zu verlassen und später die Wohnung. Das Telefon abzuheben, wenn es klingelte. Was Gustav verblüfft feststellen ließ, erleichtert und beschämt, dass sich die ganze Welt, während er untergetaucht war, wieder nicht vollständig gegen ihn verschworen hatte. Dass sich manche Menschen echte Sorgen um ihn machten. Hendrix' Song „Manic Depression" hatte er nur in einer Version der D.C.-Band Beefeater im Haus, Gustav als Punk legte lieber Black Flags „Depression" auf. *Depression, I gotta break free*. Der explodierende Sound trieb ihn aus gleich mehreren schwarzen Löchern seiner Befindlichkeiten, wirkte wie eine reinigende Seelendusche, die half den ganzen Dreck wegzuspülen. Parallel zum rasenden Takt der Musik zappte Gustav durch seine persönlichen Memory-Kanäle, blieb mal da kurz hängen, wagte da einen zaghaften Blick.

Pichler und der Ausdruck in seinen Augen, als er Gustav gegenüber saß und ihm erzählte, dass eine Frankfurter Band einen ihrer Stand To Demand-Songs covern wollte. Gustav fragte ihn beiläufig welchen. Pichler antwortete knapp: „Dein". Ein Lied, das Gustav immer, bis auf den von ihm geschriebenen Text, als völlig verzichtbar empfunden hatte. „Sie wollen die Musik verwenden, aber einen neuen Text dazu schreiben, wenn das mit uns okay ist."

Gunnar von So Much Hate und Katja von Life … But How To Live It?, damals ein Liebespaar, die Stimmen zweier der geilsten europäischen Hardcore-Bands, die auf ihrer gemeinsamen Europatournee ein paar Tage in Linz Station machten und plötzlich vor Gustavs Haustür standen. Sie hatten je ein Sixpack Bier unterm Arm. „We come to visit." Deutlich gaben sie Karin zu verstehen, dass sie jetzt ruhigen Gewissens ausgehen konnte, zu dritt würden sie ganz bestimmt mit Julian klar kommen. Ganz bestimmt. Und sie sollte sich ruhig Zeit lassen.

Rich, der nach Linz zu Besuch kam und extra zwei Dosen

Tennent's Super den ganzen Weg aus England in seinem Gepäck mitgeschleppt hatte.

Rob und John Wright von No Means No, die die Linzer Kapu betraten. Dort schon sehnsüchtig von zwei Frauen erwartet, die aus Amsterdam angereist waren. „Where's Andy?", fragten sie nach dem Gitarristen des Trios, das mit „Small Parts Isolated And Destroyed" und „Wrong" gerade Maßstäbe gesetzt hatte. „We killed him", sagte Rob und ging ungerührt weiter in den Konzertraum.

B.G.K. aus Holland, die viel zu spät in der Kapu angekommen waren, dann in neuer Rekordgeschwindigkeit ihre Verstärker auf die Bühne wuchteten und das Schlagzeug aufbauten. Keine zehn Minuten später machten sie einen minimalen Soundcheck, noch mit dem Rücken zum Publikum. Dann drehten sie sich wie ein Mann um, „we're B.G.K. from Amsterdam" sagte der Sänger und dann lieferten sie eine an Intensität kaum zu überbietende Hardcore-Show. Ein Wunder, dass die Kapu ihr Dach behielt.

Als die italienischen Indigesti es wegen eines kaputten Busmotors nicht nach Linz geschafft hatten, spielten die Dead Souls zuerst ein sehr schönes, ruhiges Set. Dann legte Tommy hinter der Bar auf. Ausgerechnet „Grease", der Soundtrack des Films mit Travolta und Olivia Newton-John fand den Weg auf den Plattenteller. Einer erzählte, wie oft er den Film gesehen hatte, wenig später sangen sie ganzen cheesy Songs mit. *Tell me more, tell me more*. Später lief die komplette „It's Alive" der Ramones. Alle vier Vinyl-Seiten drei Mal durch und alle sangen und tanzten wie verrückt, machten den Abend zu einem der geilsten Konzerte, das nie stattgefunden hat.

Alle warteten auf die amerikanische Band Legal Weapon, die Vorband war schon lange in der Kapu, aber weit und breit keine Spur vom Hauptact. Um 20 Uhr riefen sie vom Büro aus in Amsterdam an, bei Syd, dem Tourchecker. „Yes, they will come, but only next month, as you booked them.“

Syd, Sänger der italienischen Cheetah Chrome Motherfuckers, schon von weitem als ein absolutes, nicht regulär zugehöriges Alien in der Stadt Linz zu erkennen, marschierte an den vielen Schichtarbeitern vorbei, die ihm mit offenen Mündern nachschauten, keiner sagte nur ein Wort. Als er mit Lorelei, einer großen, fülligen, blonden Walküre im Schlepptau, die den gedrungenen, muskelbepackten Italiener um zwei, drei Köpfe überragte, wenige Minuten später noch einmal an ihnen vorbeiging, blieben die Münder noch einmal offen. In den Restaurants und Wirtshäusern der Stadt bekam ihre Truppe am nächsten Tag nach dem Konzert von CCM nirgendwo einen Tisch, obwohl genügend Plätze frei gewesen wäre. Sie waren einfach zu weird, zu anders. Syd baute sich mitten in einer Gaststube auf. „Die Hunde müssen draussen bleiben“, sagte er in fast akzentfreiem Deutsch. Dann begann er zu bellen.

Gustav in New York, beim New Music Seminar. In seinem Spermbirds-Kapuzenpulli ging er eine Straße entlang. Ein junger Mann kam ihm entgegen – mit Spermbirds T-Shirt. Sie lachten herzlich, die Hardcore-Internationale in full effect.

Bobby Conns Band, die im Camden ein lange ausverkauftes Konzert spielen sollte, die aber noch irgendwo in Süddeutschland war und ihr ganzes bisher auf Tour erspieltes Geld verloren hatte. Monica, die mit Conn einen Sohn hatte, der mit auf Tour war, wickelte den Buben und ließ dabei die

Tasche mit der Kohle liegen. Wieder im Bandbus und auf der Autobahn bemerkte Monica den Verlust. Sie rasten zurück – keine Tasche mehr! In der Autobahnraststätte gefragt, leider, keine Spur davon. Sie fuhren zu einer Polizeistation, um Anzeige zu erstatten. Darum waren sie, als längst die Türen für das Publikum aufgehen sollten, immer noch so weit entfern von Wien. Am Telefon sagte Conn, „wir werden fahren wie die Henker." Das taten sie und bogen kurz nach 23 Uhr zum Camden ein. Das Wiener Publikum war zum Glück erwachsen und wollte schon so lange aufbleiben. Niemand wollte sein Geld zurück, um 23 Uhr 30 wurde gespielt. Die Band war happy, wenigstens die Gage von diesem Konzert zu haben und den Schlafplatz in Wien. Am nächsten Tag in Linz ein Anruf – das Geld war da! Eine Reinigungsfrau der Autobahnraststätte hatte es gefunden und abgegeben, aber wegen des Schichtwechsels wusste niemand davon. In der Kapu hat selten eine glücklichere Band gespielt.

Verbal Assault in der Wiener Arena, Stand To Demand mit dabei. Das Publikum völlig aus dem Häuschen. In den Jubel und die Zugabe-Rufe mischte sich das Bellen eines Hundes. „Even the dog wants more", sagte Sänger Christopher und sie begannen ihre Version von „Doesn't Make It Alright" der Specials. Vorher kämpfte ihr Drummer Doug mit seinem defekten Schlagzeughocker, schließlich schleuderte er ihn während eines längeren Breaks einfach weg, schnappte sich einen Sessel, den er am Bühnenrand ausgemacht hatte, adjustierte ihn blitzschnell hinter seinen Drums, setzte sich drauf und stieg wieder in die Musik ein, ohne nur einen Beat zu versäumen.

Babsch und Jule, die sich bei einem Stand To Demand-Konzert in Schwäbisch-Gmünd kennenlernten und später geheiratet haben, wie sie ihnen bei ihrer LP-Release-Party in Linz, zu der sie angereist waren, erzählten.

Die Augsburger Band Nuclear, die in der Wohnung von Gustavs Eltern schlief und mitten in der Nacht die Action-Figuren von seinem kleinen Bruder entdeckte und damit zu spielen begann.

Artless aus New York, die Gustavs Mutter mit einem wunderbaren Frühstück bedachte. Vater und Mutter, die in einem Englisch, von dem Gustav nicht wusste, dass sie es überhaupt konnte, in der neo-rustikalen Bauernstube fast fließende Konversation mit den Amis machten.

Julian, der sich als 13-Jähriger ein Konzert der Band seines Vaters anschaute, als die anlässlich eines Jubiläums der Kapu noch einmal zusammenspielte. Gustav beobachtete von der Bühne aus seinen Sohn mit fest in die Ohren gesteckten Fingern, den Kopf leicht nach vorne gebeugt. „Julian, eh alles in Ordnung?", fragte er ihn über das Mikro. Ohne die Finger aus den Ohren zu geben brüllte der Sohn zurück. „Passt scho Papa, ihr sad's nur so wahnsinnig laut."

Solche Erinnerungsfetzen zogen durch Gustavs Kopf, ebenso schnell, wie die meisten der Black Flag-Songs, die auf „Depression" folgten. Mit allen in ihnen gespeicherten Emotionen und Eindrücken. Momente, in denen alles gut, alles richtig war. Oder wenigstens schien. Gustav wollte die Zeit dann nicht mehr länger anhalten, nicht mehr länger aus ihr aussteigen. Die Bad Brains mochten an Jah glauben, manche New Yorker Punx an Krishna, christliche Punker sollen auch schon vorgekommen sein. Gustav glaubte an Musik, an ihre fast grenzenlosen Möglichkeiten zu bewegen. Ihn zu bewegen und Menschen miteinander in Verbindung zu bringen oder aus sich selbst herauszureißen, wenn es ihnen Scheiße ging. Kein Amen.

Oh, die letzten Dinge

„Wir brauchen mehr Götter, die wir verfluchen können", kritzelte Gustav auf seine Fahrkarte. Er zog dabei unmerklich ein wenig den Kopf ein, als würde er erwarten, dass die Punk-Göttin unmittelbar reagieren könnte, um eine geschlechtsneutrale Formulierung einzufordern. Die war aber wohl mit ihrer Pokerrunde beschäftigt.

Er saß im Speisewagen, auf dem Weg nach Linz. Der Kaffee war eine Zumutung, aber wenigstens verfügte dieser Zug überhaupt noch über einen richtigen Speisewagen. Nicht so ein verschissenes Railjet-Bistro mit dem Charme und der Anmutung einer Aufbahrungshalle oder Verwahrungshalle. Von der aus in die erste Klasse À la Carte serviert wurde, während sich die niederen Klassen gerne vom Trolley bedienen lassen können, wenn sie keinen Abstecher an einen Ort unternehmen, den jeder normale Mensch nur so rasch wie möglich wieder verlassen will, aufenthaltsfeindliches Design im Geist der maximalen Konsumentendrehung. Die Marketingfaschisten bauen uns eine Welt vor die Nase, von der sie uns suggerieren, dass sie genauso sein muss, dass sie genauso am allerschönsten ist und in der sie und ihre Auftragsgeber sich niemals bewegen, während wir das schon irgendwie durchdrücken werden. Denken sie. Wir kriegen euch und wenn nicht, dann kriegt ihr euch selber, weil ihr gar keine andere Welt mehr übergelassen habt, ihr Vollkoffer.

„Mit dem Alter beginnst du dich an Begräbnisse zu gewöhnen", kritzelte Gustav weiter. Oder an Verabschiedungen, wie die Veranstaltung bezeichnet wurde, zu der er jetzt unterwegs war, nach dieser würden die sterblichen Überreste des Verstorbenen verbrannt werden. Also wenigstens kein Absenken des Sarges in die zuvor ausgehobene Grube vor versammelter Trauergemeinde. Kein Erde draufschaufeln, kein Blumen nachschmeißen, keine aufgefädelten, weinenden Angehörigen am offenen Grab. Nur ein Sarg, der in einem Auto wegfuhr. Ein Glück. Vielleicht ist der Tod sowieso nicht mehr als das, ein Wegfahren, ein Abfahren. Du musst nicht einmal selber am Steuer sitzen, keinen Plan, keine Ahnung haben, wo es hingeht. Er dachte an den Punkerfeuerbestattungsverein „Schnelle Flamme", den er in Wien ernsthaft ins Leben rufen wollte, nachdem er auf dem Urnenfriedhof gegenüber vom Zentralfriedhof von einem „Arbeiterflammenbestattungsverein" gelesen hatte. Bei aller Zerstörtheit war er gleichzeitig erstaunlich gelassen, vielleicht ein Segen des fortschreitenden Alters, Gustav war schon über Vierzig. Es ist nicht dein erstes Begräbnis und noch nicht dein letztes.

Du weißt wie du dreinschaust, du weißt wie du bedeutungsschwer seufzt, du weißt, wie du in gemessenen Worten dein aufrichtiges Beileid ausdrücken wirst. Einen Scheiß weißt du!

Vor nicht einmal drei Wochen hatte er seinen Freund zum letzten Mal gesehen, eine komplett banale Begegnung, die mit dem Ableben an Gewicht gewann, an völlig unerwünschter Gravitas, als sollte sie irgendeinen Sinn signalisieren, auf einen Plan hindeuten, ein gottverdammtes Muster. Wie bei einem anderen Freund, von dem ihm als letztes Bild blieb, wie er ihn durchs Fenster hinein ins Lokal winken wollte, auf den leeren Sessel neben ihn deutend. Gustav zuckte bedauernd mit den Achseln und deutete auf seine kleine Tochter im Kinderwagen bevor er weiterging. Zwei Wochen später war sein Freund tot, im Urlaub auf einem gesperrten Hang von einer Lawine verschüttet. Gustav verbat sich jegliches Grübeln, schließlich war es doch völlig normal und alltäglich, dass zwei Menschen, die in einem kleinen Land wie Österreich mit Popmusik im weitesten Sinne arbeiteten, sich bei einem der größten Festivals des Landes, dem Frequency in St. Pölten begegnen. War es aber eben nicht, weil Gustav, der solche Großveranstaltungen und Herdenauftriebe hasste wie die sprichwörtliche Pest von einer Freundin nur mit großer Mühe überredet wurde, dort hinzufahren. Das hauptsächliche Motiv ein Auftritt der Specials, jener britischen Ska-Band, die kurz nach der Punkexplosion mit ihrem Debüt, produziert von Elvis Costello, für Furore gesorgt hatte. Sowieso, ein Arena Open-Air mit Terry Hall und seinen Kumpanen wäre das Nonplusultra gewesen, aber für manche Bands gehst du an deine Grenzen und darüber hinaus, selbst dann noch, wenn du dich in jüngster

Zeit öfter mal selbst belügst und du dir völlig ernsthaft einredest, dass dir Musik gar nicht mehr so wichtig ist. Gebt meine Tonträgersammlung der Caritas, wer kann und will schon ernsthaft Musik besitzen? Aber das ganze Arbeiten mit Musik, als Promotionmensch, als Journalist, Veranstalter und Musiker lohnte sich bei solchen Gelegenheiten dann doch, er bekam nicht nur zwei Freikarten, es waren sogar VIP-Tickets. Nicht dass ihn ein solcher VIP-Status – *I don't wanna hear about where the VIPs going / I don't wanna know about, what the VIPs are doing* – in irgendeiner Form kickte, wie andere Menschen, die es eigentlich besser wissen sollten, oder dass der damit zugängliche VIP-Bereich auf dem schmucklosen Jahrmarktgelände in der niederösterreichischen Landeshauptstadt etwas mehr wie Basics, also okaye Toilettenanlagen und Getränkebeschaffung ohne übermäßige Warterei zu bieten hatte. Das war allerdings mehr als genug für Gustav. Gold wert war vor allem die Möglichkeit, sich aus dem sozialen Toben zehntausender junger Menschen zurückziehen zu können, sich aus der tosenden Menschen- und Geräusche-Brandung zu schaffen, zu verschnaufen, ohne die Gerüche der vielen Imbissbuden, die schon seiner Nase Durchfall verursachten, ertragen zu müssen, und in einer gewissen Ruhe seine Eindrücke verarbeiten zu können. Wie jenen von den ganzen emsigen Youngsters, die zielstrebig steigenweise Dosenbier in ihre Campingunterkünfte karrten. Für einen ausgewachsenen und trotzig unbelehrbaren Musiktrottel wie ihn ein hervorragender reality check der Prioritäten der heimischen Festivalkultur, mit der sich die cleveren Herren des industriellen Veranstaltens in Österreich seit gut einem Jahrzehnt wenn schon keine goldenen, dann wenigstens gut gewärmte Nasen verdienten. Überhaupt nichts einzuwenden gegen den gut geölten Austausch von Körperflüssigkeiten, aber die Musik als der allzeit verfügbare, allzeit fröhliche und fidele Tanzbär, der das eigentliche Event begleitete und umrahmte, diesen enthemmten Konsum von Menschen, Alkohol, Merchandise, Essen, Lebensgefühl und Was-weiß-der-Kuckuck noch behagte ihm überhaupt nicht. Er als Punk mochte keinen Jugendreichsindifferenztag. Es war dort im VIP-Bereich, wo er Werner noch einmal traf. Auf der Terrasse mit zu viel Blick auf die Hauptbühne, wo sich Ungeheuerlichkeiten wie Skunk Anansie oder Muse ereigneten. Bands, die wie Musik gewordene feuchte Allmachtsträume von unmusischen Marketingmenschen über die Bühne bolzten, grelle Images und eine totalitär anmutende Materialschlacht an Licht und Sound. Ihr müsst sie platt machen, betäuben, nicht berühren, was soll denn das für eine überkommene 20. Jahrhundert-Romantik sein?! Muse waren überhaupt so ein Hassobjekt von Gustav, spätestens seit er einmal als Musikschreiber nach Zürich geflogen worden war, um die Band für eine Monatszeitschrift zu interviewen. Im teuersten Luxushotel der teuren Schweiz erzählte ihm der Sänger und Gitarrist etwas von „they will stop degrading us." Gustav musste sich eine Stunde vorher in einem Züricher Kaffee einen Nummerncode für die Toilette vom Kellner besorgen. „Wissen Sie, wegen der Junkies." Vielleicht war aber weit fortgeschrittener Wirklichkeitsverlust eine unbedingte Grundvoraussetzung für eine Megakarriere im Pop im angebrochenen dritten Jahrtausend. Man schaut dann in seinem Rolls-Royce vorbei, um die weltverändernde Ökologie-Tagung mit seiner Anwesenheit aufzuwerten, man empfindet nämlich eine wirklich starke und tiefe Betroffenheit bei den Fragen der Zukunft. Werner wollte sich alle drei Tage des Festivals anschauen, erzählte ihm beiläufig etwas von Schwierigkeiten mit seinem Herzmuskel. Ein Satz, den Gustav noch einmal hörte, als er im Internet las, dass Werner an Herzversagen gestorben war.

Das erste Mal hatte er Werner getroffen, als er ihn in dessen damaliger Wohnung besuchte, von der aus er seinen Tonträgervertrieb betrieb. Praktischerweise auf Gustavs Schulweg gelegen. Ein Hamburger Punklabel, mit dem Gustav in Briefkontakt war, hatte gefragt, ob ihm nichts einfällt, wer denn ihre Platten in Österreich vertreiben könne. Auf manchen der Platten, die sich Gustav im Wahn & Sinn kaufte, dem Linzer Plattengeschäft mit einem der besten Namen ever, war hinten ein Pickerl mit der Adresse eines Vertriebs drauf, Xhituluh, mit Telefonnummer. Angerufen, Termin ausgemacht. „Na, Punk ist total vorbei“, hatte Werner gesagt, „das macht keinen Sinn.“ Aus seiner Perspektive hatte er damit wahrscheinlich sogar recht, schließlich gab es für Punk- und Hardcore ein zunehmend funktionierendes System aus Mailordern und bei Konzerten auftauchenden fliegenden Händlern, die die Versorgung gewährleisteten. Sie selbst ließen oft große Sendungen nach Passau zu Freunden schicken, Harald oder sonst wer fuhr die mit dem Auto holen, rein in den Kofferraum, vorbei am Zoll und retour in die Kapu. In ihrem Hauptquartier und Hangout stieg dann die große Verteilungsparty mit der geilen neuen Musik. Als so die erste Jingo De Lunch in Linz landete und immer wieder abgespielt wurde, hatte das fast schon die Intensität eines Konzerts.

Jahre später schrien Werner und Gustav sich vor zahlreich versammelten Linzer Musikern herzhaft an. Diskutierten leidenschaftlich die Kritik, die Gustav und seine Freunde am Posthof und dessen Rolle für die Linzer Musik geübt hatten, in der Absicht sich hinter die Stadtwerkstatt zu stellen, die vom Abriss bedroht war und wo sich ihre Musikszene tatsächlich, anders als im und vom Posthof, für dessen Musikprogramm Werner verantwortlich war, zuhause und ernst genommen fühlte. Noch einmal Jahre später hatte Gustav zuerst für das Posthof-Magazin getextet und dann bei Xhituluh zu arbeiten begonnen. Der Weg alles Österreichischen? Dort hatte er mehr über Musik und das Leben gelernt, als ihm vielleicht selber manchmal klar war, ganz viel davon durch Werner, einen Hippie with Attitude, einem Menschen, der sich trotz allem seine Ideale nicht verbiegen ließ. Der nicht nach London zu seinem Kumpel Daniel Miller flog, um sich den umsatzträchtigen Vertrieb von Depeche Mode & Co zu keilen, weil das einfach nicht seine Vision für Xhituluh war. Der dem umtriebigen Manager eines Kabarettisten namens Josef Hader riet, die CDs mit dessen Programmen am besten selber zu machen und zu vertreiben.

Der persönliche Jackpot von Gustavs Arbeit bei Xhituluh war, dass sie SST Records vertrieben, das legendäre Label von Black Flag, das Label, auf dem wenigstens ein Dutzend essenzieller US-Underground-Bands wie Dinosaur Jr., Hüsker Dü, Soundgarden, Sonic Youth, Meat Puppets oder die mächtigen Bad Brains erschienen waren. Ein stolzer Backkatalog, den sie immer noch ganz gut im mit Fachhandel nicht gerade gesegneten Land mit dem A platzieren konnten. Was mit den Neuerscheinungen des Labels, das seine einstmals so klare Vision zu verlieren begann, nicht mehr ganz so leicht fiel. Alle zwei Wochen rief Chuck Dukowski ihn persönlich an. Der Mann, der bei „Damaged", einem der wichtigsten Hardcore-Alben aller Zeiten, diesen mörderischen Bass gespielt hatte und von dem Henry Rollins seine Arbeitsethik eingetrichtert bekommen hatte. Gustav horchte, lernte und staunte, sagte aus tiefster Überzeugung „yes!", selbst wenn es völlig aussichtslos war, Spoken Word-CDs mit den Lebenserinnerungen legendärer US-amerikanischer Baseball-Spieler in Österreich verkaufen zu wollen.

Wenig mehr als eine Stunde noch bis zum Beginn der Verabschiedung. Was für eine kuriose Formulierung, „Beginn der Verabschiedung"! In der morbiden, bedrückten Stimmung in der Gustav sich befand, ging er sie im Kopf durch, während draußen die Landschaft vorbeiratterte, alle seine Toten. Denn selbst wenn so ein Leben gar nicht tragisch hergeht, sich nicht in von Naturkatastrophen oder Kriegen heimgesuchten Gegenden abspielt, hat schon so ein ganz gewöhnliches, durchschnittliches Leben einen ganzen Haufen an Toten zu bieten. Um jetzt nicht zu sagen, sie sterben wie die Fliegen, die lieben und nicht so lieben Mitmenschen. Großmütter und Großväter, der Punkerkollege, der es nicht mehr ausgehalten und sein Auto gegen einen Brückenpfeiler gesteuert hatte, der Schulkollege, der sich in der Garage Abgase ins Auto seines Stiefvaters leitete. Dabei kannst du in einer Garage soviel schönere Dinge tun, wie wir wissen. Der andere Mitschüler, den ein betrunkener Lastwagenfahrer von hinten auf seinem Fahrrad niedergemäht hat, buchstäblich. Dessen Begräbnis war besonders unerträglich gewesen, weil sie in ihren Anzügen alle schwitzten wie die Schweine an diesem beißend heißen Sommertag und die Cousinen und anderen jungen weiblichen Verwandten ihres toten Mitschülers alle so unpackbar fesch waren und gleichzeitig so herzzerreißend in ihrer Trauer. Eros und Tod in full effect, einer seiner Freunde kippte prompt um. Seine Tante, die beim Begräbnis ihrer Mutter, seiner Oma sagte, dass sie in so einem Moment jeden Menschen mit einem Glauben beneidet, die hätten in so einem Augenblick wenigstens etwas, an dem sie sich festhalten können. Er dachte an den armen Sepp, einen vagabundierenden Punk, von seiner Familie schwer bedient, dem Karin einmal ihre Garconniere als Unterkunft zur Verfügung gestellt hatte, ihr Liebesnest, in dem Gustav Vormittage damit zugebracht hatte, schlafend Schule zu schwänzen. Sepp wollte sich dort auf der kleinen Camping-Kochplatte etwas zu essen machen, worauf die Sicherung durchgebrannt ist, weil die Kochplatte einen Defekt hatte, was er nicht wissen konnte. Sepp ist daraufhin in Panik aus der dunklen Wohnung gestürmt, einen Topf mit verschmorten Nudeln zurücklassend. An diesen Topf mit den Nudeln musste Gustav denken, als er hörte, dass Sepp sich das Leben genommen hatte. Das halböffentliche Sterben von Julius, dem Gitarristen von Willi Warma, der besten Linzer Band aller Zeiten, infiziert mit HIV, der mit seiner letzten Band Dynamo Urfahr „The Long Goodbye“ sang und alle vor der Bühne im Landgraf, die Bescheid wussten, zu Tränen gerührt waren, und die anderen, die den Background des Songs nicht kannten, ebenso. Joe Strummer! Dessen Herz hatte einfach aufgehört zu schlagen, nach dem Spazierengehen mit seinen Hunden, nach vier, fünf Leben in nur einem, das knapp fünfzig Jahre dauerte. Als Gustav das hörte, kurz vor Weihnachten 2002, am Ende eines Jahres, in dem für ihn eine Beziehung zu Ende ging und sich seine Eltern trennten, hatte er fast genug, von allem, für immer. Fast. Just Dornetshuber, ihr aller großer Held im Rollstuhl, dem all seine unbändige Power, sein ganzer Lebenswille und Widerstandsgeist nichts mehr half gegen das Versagen seines kapitulierenden, müden Körpers und eine fatale Fehldiagnose seiner Ärzte. Aus. Schluss jetzt. Gustav zahlte seinen Kaffee, zerknüllte die Zugfahrkarte und begab sich Richtung Ausgang. Werner hätte ihn wahrscheinlich ausgelacht, vielleicht leicht spöttisch gesagt „oh, also die letzen Dinge wieder einmal." Aber er hätte ziemlich sicher das Lied gemocht, das Gustav jetzt einfiel. Wie immer, zu jeder möglichen oder unmöglichen Lebenssituation assoziierte er einen gottverdammten Song. Als wäre ihm das Leben als ein bescheuertes Singspiel noch viel lieber. Er sang ihn vor sich hin, als er durch den Bahnhof Richtung Straßenbahn ging, die Rolltreppe runter. Linie 1 oder Linie 3, beide würden ihn diesmal leider sicher dorthin weiterbringen, wo er nicht wirklich hinwollte. Der Song war „One Truth", von einer eher obskuren Band aus Washington D.C., Kingface. Die Strophen hatte er nicht mehr wirklich im Kopf, aber den Refrain summte Gustav immer noch, als er bei der Unionstraße in den Bus umstieg. *I don't ever wanna die*. Ich will niemals sterben. Das ist Punk, Alter!

Gustavs Strummersommer

ein extended mixtape / 28 songs zu 15 kapiteln

1 ELVIS COSTELLO „What's So Funny About Peace, Love & Understanding" 2 THE POGUES „Boys From The County Hell" 3 RICHARD THOMPSON „Tear Stained Letter" 4 THE CLASH „1977" 5 PUBLIC IMAGE LTD „Rise" 6 SLIME „Linke Spießer" 7 STIFF LITTLE FINGERS „Wasted Life" 8 THE GO-BETWEENS „Cattle And Cane" 9 WILLI WARMA „Ich sprenge alle Ketten" 10 THE RAMONES „Blitzkrieg Bop" 11 THE RAMONES „Pinhead" 12 THE UNDERTONES „Teenage Kicks" 13 CHUZPE „Zu klug für diese Welt" 14 THE CLASH „Garageland" // (Bonus-Tracks: COCKNEY REJECTS „Here We Go Again" und CRASS „Do They Owe Us A Living")

15 EXPLOITED „Sex & Violence" (Liveversion von „On Stage") 16 TIME SHIFT „The Fall Of Europe" 17 TARGET OF DEMAND „Traum" 18 STAND TO FALL „Sound Of Nature" 19 BAD RELIGION „When?" 20 FEHLFARBEN „Das war vor Jahren" 21 SCREAM „Bet You Never Thought" 22 BAD BRAINS „Rock For Light" 23 UK SUBS „Teenage" (Liveversion von „Crash Course") 24 ALBERT HAMMOND „Free Electric Band" 25 CREEDENCE CLEARWATER REVIVAL „Fortunate Son" 26 JOHNNY CASH „Five Feet High And Rising" 27 THE CLASH „Revolution Rock" 28 KINGFACE „One Truth" // (Bonus-Track: D.O.A. „I'm Right, You're Wrong")

THE BOY LOOKED AT KREISKY

EATING, AFTER SCHOOL
HE COULD HEAR HIS DADDY AND HIS GRANDFATHER ARGUE
DAD ON THE LEFT SIDE – THE MIGHTY SPÖ
AUSTRIAS SOCIALIST PARTY
GRANDFATHER STANDING STRONG FOR THE ÖVP
THE CONSERVATIVE PARTY WITH A „CHRISTIAN“ STREAK
BUT THE FUCK YOU OVER AND OVER HIS DADDY SAID VERY LOUD,
QUITE ANIMATED
GRANDMOTHER AND MOTHER TURNED THEIR EYES TO THE SKY
BUT OFF COURSE THEY DID, BOTH PARTIES, FUCKING PEOPLE
OVER AND OVER, ALL OF THE TIME
THE CHILD THOUGHT –
UUH, STRANGE THING, THIS POLITICS-STUFF
CAN I PLEASE WATCH SOME TOM AND JERRY CARTOONS?

GROWING UP HE VOTED MUSIC,
OVER AND OVER AGAIN
NEVER DISAPPOINTED
PUNKROCK CHANGED HIS LIFE
THE RUSH, THE SPEED, THE ANGER, THE ENDLESS POSSIBILITIES,
THE LOOK AND THE IDEAS
IT WAS SIMPLY LIFE ASSURING
WHEN A POLICMAN SAID SHOW ME SOME I.D.
FROM A 14-YEAR OLD WITH STRANGE CLOTHES AND
SPIKED HAIR. HIS MIND RAN AHEAD
– HAIRCUT CAUSES RIOT, SMALLTOWN VIOLENTLY UPTURNED!
„THERE'S NO INHERENT WISEDOM IN AUTHORITY“ JOE
STRUMMER SAID.

TOUCHED BY IDEAS EVEN MORE THAN BY THE SOUND
YET THE SOUNDS HAD POLITICS OF THEIR OWN
THINK GLOBALLY ACT LOCALLY
WHAT YOU EAT AND WEAR
OR WHAT YOU DON'T EAT AND DON'T WEAR
WILL MAKE THE WORLD A BETTER PLACE
I SURE WANNA SAVE THE PLANET
BUT, PLEASE – CAN I GET LAID?
AUTHORITY, CAPITALISM, CORPORATE GREED, HOMOPHOBIA,
RACISM, SEXISM, VIOLENCE, WAR …
YOU NAME IT
I'M AGAINST IT LIKE THE RAMONES SING
OR SO HE THOUGHT …

COLLECTIVIST IDEAS ENTERED THEIR COLLECTIVE MINDS
BUT SOON TURNED INTO „HE-WHO-WILL-WORK-THE-MOST-
WILL-BE-HE-
WHO-WILL-HAVE-TO-SAY-THE-MOST"
AND THEN THE TALKING CEASED
AND SHE WAS BACK IN THE KITCHEN

THEIR PLACE TO LIVE THEIR OH SO REVOLUTIONARY IDEAS
PART OF AN ALL SO COMMON AUSTRIAN DEAL
YOU GET THIS SMALL PLACE TO RUN A LITTLE WILD
WE'LL HAVE OUR VERY CULTIVATED CENTER FOR THE REAL
FINE ARTS
WITH LOTS OF „ORIGINAL GENIUS" AND MASTERS AT DISPLAY
„ART" WITH JUST ONE FUNCTION
TO SIMPLY ENTERTAIN OR TAKE MINDS OFF FAR MORE
SERIOUS MATTERS
SMILES ALL OVER, SWEATY HANDSHAKES AND EVEN THE WINE
WAS CHEAP

YEARS HAVE PASSED
THE WORLD IS STILL SUCH A FRIGTHENING AND WONDERFUL PLACE TO BE
THE BOY BECAME A MAN, SORT OF
A PUNKER OUT OF UNIFORM
AND AS THE MIGHTY BRUNO KREISKY'S BIRTHDAY #100
WAS WIDELY CELEBRATED
ALL HAIL OUR COUNTRYS BELOVED VISIONARY CANCELOR
HE COULDN'T HELP BUT WONDER
WHAT THE HELL WAS BRUNO ON ABOUT WITH THAT GADAFFI-DUDE
AND WHY THE HECK IS AUSTRIA STILL BUYING HIS OIL
THE MAN LOOKED AT A PICTURE OF KREISKY
OVER AND OVER AGAIN
OH, STILL SUCH A STRANGE THING, THIS POLITICS STUFF
AND IN HIS TOM & JERRY SHIRT HE OPTED FOR THE SOUND …

Wir fördern Kultur.

Simadruck Deutschlandsberg
Fabrikstraße 15, Telefon 03462/2524-0, Telefax 03462/252423